현대 도술사

묵련 장편 소설

FUSION FANTASTIC STORY

현대 도술사 6

묵련 장편 소설

초판 1쇄 찍은 날 § 2015년 11월 20일
초판 1쇄 펴낸 날 § 2015년 11월 27일

지은이 § 묵련
펴낸이 § 서경석

편집책임 § 이재림

펴낸곳 § 도서출판 청어람
등록번호 § 제387-1999-000006호
등록일자 § 1999. 5. 31
어람번호 § 제1-2293호

주소 § 경기도 부천시 원미구 부일로 483번길 40 서경B/D 3F (우) 420-822
전화 § 032-656-4452 팩스 § 032-656-4453
http://www.chungeoram.com
E-mail § chungeorambook@daum.net

ISBN 979-11-04-90526-1 04810
ISBN 979-11-04-90315-1 (세트)

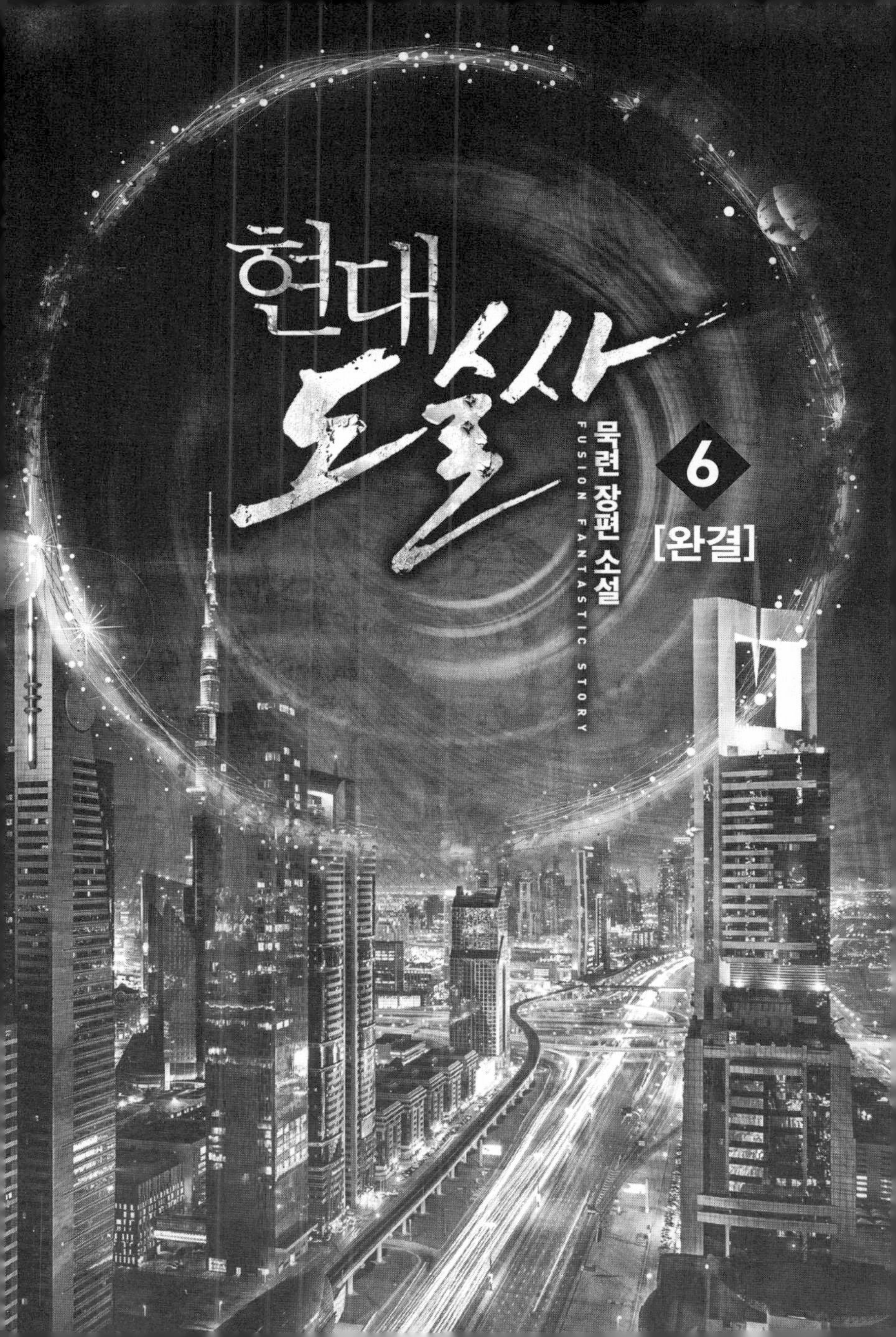
현대
도사
묵련 장편 소설
FUSION FANTASTIC STORY
6
[완결]

CONTENTS

제1장
잠입하다

유하는 미국 멘하탄의 한 골목길에서 이제 완연해진 겨울을 몸소 느끼고 있었다.

휘이이잉—!

"뉴욕의 날씨가 이렇게 쌀쌀할 줄이야……."

찬바람이 유하의 얼굴을 탁탁 치는 바람에 그는 아까부터 연신 옷깃을 여몄다.

아마 유하가 도술을 익히지 않았다면 진즉 감기에 걸렸을지도 모를 일이다.

멘하탄의 뒷골목을 약 10분 정도 뒤진 유하는 아주 허름하고 작은 간판이 달려 있는 술집에 당도했다.

Bule

그는 술집의 간판에 적혀 있는 글귀와 자신이 손에 쥐고 있던 라이터 안의 글귀를 대조해 본 결과 이곳이 맞다고 확신했다.

"맞군, 여기가 확실해."

조진만이 소개해 준 사람은 뉴욕 현지에서 정보 브로커로 일하고 있다고 했으니, 아마 그가 찾아간다면 필요한 것을 얻을 수 있을 것이다.

유하는 다시 한 번 옷깃을 여미며 술집 블루의 문을 열었다.

딸랑!

문을 열고 술집 안으로 들어선 유하는 퀴퀴한 곰팡이 냄새와 진한 술 냄새에 살짝 인상을 구겼다.

하지만 그것도 잠시, 유하는 찌들어버린 술 냄새에 금방 익숙해졌다.

"계십니까!"

이내 이곳의 주인을 부르는 유하, 그런 그에게로 한 여성이 다가왔다.

"무슨 일이시죠?"

"목련이라는 사람이 보내서 왔습니다."

"목련?"

"이곳의 마스터를 찾아가면 된다고 해서 말입니다."

그녀는 긴 백금발에 늘씬한 몸매를 가진 미인이었는데, 그 목소리가 상당히 카랑카랑한 것이 특징이었다.

여자는 유하를 바라보며 자신의 정체에 대해 물었다.

"내가 누구라고 하던가요?"

"정보를 파는 사람이라고만 들었습니다."

"다른 정보는?"

"없었습니다."

그제야 그녀는 유하를 술집 안쪽으로 인도한다.

"이쪽으로 들어오세요. 목련이라니, 오랜만에 들어보는 이름이군요……."

이윽고 그녀는 유하에게 바에서 잠시 기다리라는 말을 했다.

"셔터를 내려야겠어요. 목련이 보냈다니, 뭔가 큼지막한 일이 아닐까 싶네요."

"정답입니다."

유하에게서 대충 얘기를 전해들은 그녀는 술집의 문을 닫고 유하의 맞은편에 앉았다.

그녀는 유하에게 술을 한 잔 권했다.

"블랙러시안, 마티니, 어떤 것이요?"

"마티니가 좋겠군요."

"알겠어요."

그녀는 유하에 대해 전혀 묻지도 않은 채 술잔에 마티니와 보드카, 토닉워터를 섞더니 유하의 앞으로 내밀었다.

"조금 독해요. 괜찮아요?"

"물론입니다. 독한 술을 좋아하거든요."

유하는 술을 한 모금 넘긴 후, 그녀에게 물었다.

"그나저나 저에 대해선 궁금하지 않으십니까? 이렇게 곧장 술을 내어주시다니요."

그녀는 어깨를 으쓱해 보인다.

"일종의 암어라고나 할까요? 그와 저는 아무도 모르는 단 하나의 연결고리로 이어져 있어요. 당신이 말했던 그 이름, 나 이외엔 그 어떤 누구도 알지 못하는 이름이죠."

"그럼 이 이름으로 인해 모든 검사 절차가 다 무시된 것이군요."

"그렇다고 볼 수 있죠."

유하는 이렇게 허술한 보안에 문제가 있는 것은 아닌가 싶었다.

"만약 내가 목련을 죽이고 이 자리에 왔다면요?"

"그런 경우에 그 사람이 과연 내 얘기를 했을까요? 목련은 그 정도로 지조가 없는 사람은 아니에요."

"의리에 살고 의리에 죽는 사이군요?"

그녀는 고개를 가로저었다.

"아니요, 우리는 그렇게 간단한 사이는 아니에요. 그와 나는 정보를 의뢰하고 돈을 지급하는 형식으로 무려 10년을 넘게 일해 왔어요. 10년이라는 시간, 강산도 변한다는 세월입니다. 그 세월 동안 우리가 모아서 팔아먹었던 정보가 한두 건이겠어요?"

그제야 유하는 두 사람이 과연 어떤 사이인지 깨닫게 되었다.

"그러니까, 두 사람 중 한 사람이라도 입을 잘못 열게 되면 여럿 다친다는 소리군요? 그래서 지조를 지킬 수밖에 없는 것이고요."

"맞아요. 만약 우리 둘이 폭로전을 벌이게 되면 아마 남아날 사람이 없을 겁니다. 이 미국 땅에서 우리의 정보 한 번 거치지 않은 사람이 없으니까요."

"그렇군요."

유하는 그녀의 말을 듣고는 그녀에 대해 신뢰할 수 있다고 생각했다.

똑똑한 사람이라면 자신의 맹점을 누구보다 잘 알고 있고,

그것을 건드릴 수 있는 사람이 누구인지 확실히 인지할 수밖에 없다.

그러다 보니 그 맹점을 보호하기 위해 가끔 말도 안 되는 이유로 상식선에서 벗어나는 행동을 하는 사람들이 생겨나는 것이다.

유하는 그녀에게 유비튼 투자신탁에 대해 물었다.

"좋습니다. 그럼 당신께 목련의 이름을 빌려 정보 의뢰를 하겠습니다."

"어떤 정보가 필요하죠?"

"유비튼의 정보가 필요합니다."

"유비튼이라… 유비튼 투자신탁은 마피아 유비톤과 직접적으로 관련이 된 회사입니다. 알고는 계신가요?"

"물론입니다. 그들이 OK그룹과 관련이 있다는 사실도 잘 알고 있고요."

"알고도 그들의 뒤를 밟으려 한다는 소리인가요?"

"그렇습니다."

그녀는 아주 잠시 고뇌하는 표정을 지었다.

"잘못하면 당신과 나는 물론이고 이 일과 관련된 모두가 죽을지도 몰라요. 그래도 하시겠어요?"

"그 정도 각오는 당연히 하고 왔습니다. 그리고 저는 그들에게 그리 쉽사리 당할 사람이 아니고요."

유하는 그녀에게 강남그룹의 명함을 내민다.

"나는 강남 파 보스 강유하이기도 하며 강남그룹의 총수입니다. 조직력으로만 따지자면 그들에게 절대 밀리지 않아요."

"하지만 이곳은 미국이라는 것을 잊지 마세요."

"잘 알고 있습니다. 하지만 저는 그들에게 지지 않을 자신이 있어요."

그제야 그녀는 유하에게 조력을 약속한다.

"좋아요. 내 이름 블루를 걸고 약속하죠. 당신이 나를 배신하지 않는다면 우리의 계약은 평생 유지될 겁니다."

"고맙습니다."

이윽고 유하는 테이블에 술값으로 최고급 시계를 하나 올려놓으며 자리에서 일어섰다.

"받으십시오."

"이게 뭔가요?"

"오다가 샀습니다."

"하지만 이건 남자 시계인데요?"

"저는 블루라는 사람이 여자인 줄 몰랐습니다. 그래서 술값으로 줄 시계를 남성의 것으로 구매했지요."

그녀는 실소를 흘린다.

"롤렉스 최고급 시계라… 마티니 한 잔 값으론 꽤나 후하군요."

"세상에서 가장 값진 마티니 아닙니까? 한 잔에 그 정도 값이면 거저 아닙니까?"

"후후, 그런가요?"

유하는 그녀에게 자신이 이곳에 다시 찾아와야 할 시기를 물었다.

"정보는 언제쯤 받으러 오면 되겠습니까?"

"직접 올 필요 없어요."

블루는 유하에게 삐삐를 하나 건네며 말했다.

"이것으로 연락할게요. 보수 역시 이곳에 남긴 계좌로 송금하시면 되고요."

"잘 알겠습니다. 그럼 나중에 또 봅시다."

"그래요, 잘 가세요."

유하는 이내 술집을 나섰고, 블루는 홀로 남아 유하가 주고 간 시계를 물끄러미 바라본다.

"…강남그룹이라. 흥미로운 일이 벌어지겠군."

슬그머니 미소를 지은 그녀는 시계를 바 아래에 잘 갈무리해놓았다.

*   *   *

유하는 삼일 후 그녀에게서 마피아 조직 유비톤과 유비튼 투자신탁에 대한 정보를 입수했다.

유비톤은 현재 리투아니아계 마약조직과 거래를 하면서 마약 및 장물거래를 이어나가고 있었다.

그리고 그곳에서 얻은 재화들은 다시 한국으로 반환시켜 OK그룹의 비자금을 조성하는데 쓰였는데, 한마디로 OK그룹은 한국에서 출자한 자금으로 장물과 마약 거래를 성사시켜 지금까지 막대한 부를 축적한 것이다.

유하는 그녀가 보내온 통장 거래 내역을 훑어보며 혀를 찼다.

"애국 투사도 이런 애국 투사가 없군. 한국 돈을 출자시켜 그에 10배는 족히 넘는 외화를 벌어들이다니, 외화 보유액 1위인 이유가 있었군."

OK그룹은 현재 한국 100대 대기업들 중 외화 보유액이 가장 많은 회사로서, 현금 유동 능력 또한 최고였다.

때문에 사람들은 OK그룹의 역량이 한국 최고의 기업인 약산전자를 넘어선다고 얘기하곤 한다.

하지만 그들의 이러한 경쟁력은 모두 유비튼 투자신탁에서 나온 검은 돈이 있었기 때문에 가능했다.

유하는 이제 이 자금줄을 자신이 틀어쥐고 조직을 흔들 준비에 나설 참이다.

그는 한국에서 바로 어제 입국한 조력자들에게 아지트를 구하고 한국에서 출자한 자금으로 건물 한 채 매입하도록 지시했다.

연지훈은 뉴욕 브룩클린에 있는 30층 빌딩을 구매하고 그 위에 강남그룹이라는 간판을 올렸다.

이제 이곳은 유하가 미국으로 진출하여 사업을 진행하게 될 때에도 큰 역할을 하게 될 것이다.

유하는 강남그룹 미국지사 30층에 마련된 사무실에 정미주와 연지훈 등을 불러 모았다.

그는 정미주에게 유비튼과의 접촉이 어떻게 진행되고 있는지 물었다.

"내가 준 자료들을 분석하고 놈들을 옭아맬 준비는 잘 진행되고 있습니까?"

"일단 유비튼 투자신탁에게 어떤 덫을 놓을지 청사진을 그려놓았습니다."

"설명해 주십시오."

정미주는 유하의 사무실 벽면을 사면으로 수놓고 있는 아크릴판에 백색 보드마커로 글귀를 적어 내려 가기 시작했다.

"보시는 바와 같이 유비튼 투자신탁은 총 20명의 이사진 겸 주주를 보유한 사모펀드입니다. 자금의 출자방식과 회사의 운영 등은 이 20명의 이사진 외엔 아무도 모릅니다. 사모펀드이니만큼 보안이 철저하다는 소리지요."

"흠……."

"하지만 이렇게 보안이 철저하면 철저할수록 허점은 아주 의외의 곳에서 드러나게 되어 있습니다."

그녀는 아크릴판에 한 남자의 사진을 올려다 놓는다.

사진에는 붉은빛이 감도는 갈색머리의 남자가 들어 있었는데, 다소 후덕한 인상과 작은 눈 때문인지 인상이 상당히 좋아 보였다.

정미주는 이 남자의 얼굴을 손가락으로 짚으며 말했다.

"제이든 헬레이크입니다. 뉴욕에선 아이언마스크, 즉 철가면으로 통합니다."

"철가면? 그게 뭡니까?"

"뻔뻔하기가 가히 철가면처럼 지독하다는 뜻이지요. 하지만 정작 본인은 이 별명을 상당히 마음에 들어 한답니다."

"별 이상한 놈이 다 있군요."

"그래요, 이상한 놈이지요. 하지만 이 철면피는 20명의 주주 가운데서 가장 지분이 많습니다. 한마디로 지금 이놈이 대주주라는 소리지요."

"그럼 뭡니까? OK그룹에서 애초에 그놈을 밀어주고 있었다는 뜻입니까?"

그녀는 고개를 가로저었다.

"아닙니다. 사실, 이놈은 뻔뻔한 것과 행동력 좋은 것 말고는 장점이 없어요. 그 때문에 OK그룹에선 처음부터 이놈에게 가장 적은 지분을 준 것으로 알고 있습니다."

"그런데 어떻게 지금 그놈이 대주주가 될 수 있었던 것이죠."

정미주는 또 다른 한 사진을 아크릴판에 붙였다.

사진 안에는 긴 생머리에 검은색 정장을 입은 한 사내가 들어 있었다.

"지금 보시는 이 사람은 처음에 지분율 5위의 이사였습니다. 하지만 지금은 어디로 잠적했는지 그 행방을 찾을 수 없습니다."

"흠……."

"그의 행적이 묘연해진 이후엔 제이든 헬레이크가 이 사람의 주식을 인수해서 대주주가 되었습니다."

"그러니까, 제이든이라는 놈이 저 장발의 기생오라비를 저세상으로 보내버렸다는 뜻입니까?"

"그럴 수도 있고 아닐 수도 있죠. 하지만 한 가지 확실한 것은 모종의 루트로 제이든이 주식을 꿀꺽 했다는 겁니다."

"진짜 철면피 같은 놈이군. 그나저나 OK그룹에서 이 사태를 가만히 보고만 있었군요?"

"뭐, 그들이라고 별수 있겠습니까? 돈을 제때 안 주면 몰라도 투자한 금액의 10배를 꼬박꼬박 입금하는데 뭐라고 하겠어요? 더군다나 이 제이든이라는 놈은 태생이 무식한 놈이라서 전대 회장처럼 자금을 뒤로 빼돌리는 짓 따위 하지 못했던 것 같습니다."

"그렇군요."

그녀는 유하와 자신들이 가장 처음으로 공략해야 할 대상이 바로 이 제이든이라는 것을 시사했다.

"우리는 앞으로 이 철면피를 잘 족쳐서 회사 내부로 잠입해 들어가야 합니다. 그렇지 않고선 이들을 집어삼킬 방도가 없어요."

"좋은 생각입니다."

연지훈은 그녀에게 납치의 방법에 대해 물었다.

"그나저나 저런 철면피를 도대체 어떻게 납치한다는 겁니까?"

"납치요? 누가 납치한다고 했습니까?"

"그럼 어떻게……."

"내가 아까도 말했지요? 떡밥을 던진다고. 우리가 놈에게 떡밥을 던져서 낚으면 되는 것 아니겠어요?"

"아아! 그런 방법이……."

정미주는 유하에게 태상그룹이 가지고 있던 페이퍼컴퍼니들 중 몇 개를 사용하여 낚시에 동원하기로 했다.

"금산 제지와 일동식품, 그리고 예일무역을 이용해서 놈을 낚도록 하시죠."

"이것으로 뭘 어쩌자는 겁니까?"

"제가 놈에게 이 세 개의 기업이 가진 경쟁력이 최고라고 속여 접근하겠습니다. 그리곤 완벽하게 그를 속여서 돈을 뜯어내는 것이지요."

"사기를 치자는 말씀입니까?"

"말하자면 그렇게 되는군요. 하지만 도둑놈에게서 돈을 다시 빼앗는 것이 사기는 아니잖아요?"

"뭐, 그건 그렇지요."

그녀는 자신이 그린 청사진을 일동에게 건넸다.

"내가 청사진을 한번 짜봤어요. 이것을 다들 검토해서 나에게 피드백을 해주세요. 그 이후엔 의견을 다시 종합해서 보스께서 최종 승인을 내주시면 활동에 착수하겠습니다."

지금 그녀는 회사에서 뇌와 같은 역할을 해냈기에 모두 그녀가 말한 것에 아무런 이의 없이 따랐다.

그것은 유하 역시 마찬가지로 그는 정미주가 건넨 청사진에 대한 검토를 시작했다.

*   *   *

그녀가 짠 청사진은 아주 단순하지만 나무랄 것이 하나도 없는 완벽한 작전이었다.

제 아무리 머리를 잘 굴린다는 연지훈조차 그녀의 구성력에 감탄을 금치 못할 정도였다.

정미주가 짠 청사진은 대략 이러하다.

적에게 떡밥을 던지기 위해 정미주 본인이 직접 자신의 명함을 가지고 접근하여 페이퍼 컴퍼니의 인수 합병 소식을 전한다.

이때, 그녀가 건넬 떡밥은 이 페이퍼컴퍼니들이 전부 소액으로 팔리지만, 사실은 이것이 누군가의 비자금이 될 것이라는 정보였다.

요즘 기업가에서 해적질을 대놓고 하고 다니는 제이든이 만약 이 사실을 알게 되면 반드시 칼을 꺼낼 것이다.

그럼 연지훈과 지헌수 등은 위조로 만든 학력으로 변호사와 회계사 행세를 하여 놈들의 돈을 뽑아내면 된다.

이렇게 몇 단계 안 되는 청사진이지만 그 전개가 상당히 매끄럽고 막히는 곳이 없었다.

심지어 그녀는 자신이 그린 이 청사진을 곧바로 실행에 옮길 수 있도록 미국 현지에 있는 브로커에게 학력과 신분까지 모두 위조한 상태였다.

만약 이대로 작전이 실행되기만 한다면 뉴욕 토박이 사업가가 온다고 해도 꼼짝없이 넘어갈 판이었다.

유하는 수뇌부 회의에서 그녀의 계획을 공식적으로 승인했다.

"이대로 진행합시다. 더 이상 뭘 구성하고 뺄 필요가 없겠어요."

"그럼 더 이상 기다릴 것도 없이 곧바로 움직이도록 하시죠. 당장 내일이라도 말입니다."

"좋아요, 그럽시다."

그는 연지훈과 지헌수에게 준비된 대본을 차질 없이 외우도록 지시했다.

"너희들은 이것을 달달 외워서 차질 없이 준비하도록 해라."

"예, 보스."

고개를 꾸벅 숙이는 연지훈과는 달리 지헌수는 자신이 없다는 표정이다.

"보스, 저는 못 하겠습니다……."

"뭐? 그게 무슨 소리냐?"

"제가 워낙 거짓말을 못해서 말입니다. 할 수 있다면 하겠습니다만, 제가 이 역할을 맡는 것보다는 대역을 쓰는 것이 좋을 것 같습니다."

"흐음, 그래?"

가만히 생각에 잠긴 유하, 하지만 그는 이내 해답을 내어놓는다.

"좋아, 그럼 내가 하지."

"보스가 직접 말입니까?"

"그래, 뭐 잘못된 것 있나?"

"혹시라도 이번 일로 얼굴이 팔리면 어쩌시려고 그러십니까?"

그는 고개를 가로저었다.

"아니, 괜찮아. 어차피 이번 일은 엄연한 사기다. 놈에게 얼굴이 알려진다고 해서 독이 될 것은 절대로 없다는 소리지."

"아, 그렇군요!"

이렇게 하여 1차 청사진은 모두 그려진 셈이다.

"그럼 헌수는 지금 당장 이 작전에 필요한 인원들을 섭외하도록 해라."

"예, 회장님."

강남 파의 모든 조직원들 이번 작전을 성사시키기 위해 기민하게 움직이기 시작했다.

*　　　*　　　*

미국 브로드웨이의 한 뒷골목, 술에 취한 사내가 비틀거리며 노래를 흥얼거리고 있다.

"흐음, 흐으으음……."

음도 제멋대로에 뜻도 알 수 없는 허밍이 울려 퍼지고 있던 가운데, 그에게 한 사내가 다가왔다.

"이봐요, 정신 좀 차려 봐요."

"딸꾹! 누구쇼?"

"극단주에게 소개를 받고 왔습니다."

명함을 건네는 사내, 그는 강남그룹 이사라는 직함을 가진 사람이었다.

강남그룹 이사 지헌수

그는 지헌수를 바라보며 고개를 갸웃거린다.

"당신같이 멀쩡한 사람이 왜 나같이 볼품없는 놈을 찾아왔습니까? 뜯어먹을 것이 뭐가 또 있다고?"

"나랑 연극 하나 합시다."

사내는 실소를 흘린다.

"푸흡! 뭘 한다구요?"

"연극이요. 당신, 연극배우라고 들었습니다. 나와 함께 연극 한 편 합시다."

그는 고개를 가로저었다.

"술은 내가 마셨는데 취한 사람은 따로 있는 모양이군. 예끼, 이 사람아! 할 일이 없으면 집에 가서 발 닦고 잠이나 자쇼!"

지헌수는 이윽고 멀어져가는 그에게 말했다.

"다시 무대 위에 서고 싶지 않습니까?"

"…뭐요?"

"무대 말입니다. 당신에게 무대는 모든 것이 아니었습니까?"

순간, 사내가 분노를 감추지 못해 지헌수에게 달려들었다.

"이런 빌어먹을! 당신, 지금 뭐라고 했어! 죽고 싶어?"

"이러지 마십시오. 진정하고 내 얘기 좀 들어 봐요."

"그런데 이 자식이!"

그는 지헌수에게 다짜고짜 주먹을 날렸지만, 그것은 지헌수의 옷깃 하나 스치지 못했다.

부웅!

"으헉!"

제 발에 걸려 넘어진 사내는 쓰레기덤에 갇혀 허우적거리면서도 소리쳤다.

"연극! 연극 같은 소리하고 자빠졌네! 나는 패배자야! 내가 패배자인데 보태 준 것 있어?"

"없지요. 하지만 지금부터 당신에게 기회라는 것을 보태 줄 겁니다. 물론, 내 손을 잡았을 때의 얘기지만요."

지헌수는 쓰레기덤 속에서 사내의 손을 잡아 일으켜 세웠다.

하지만 그는 오히려 자신을 일으켜 세워준 지헌수의 얼굴에 주먹을 날렸다.

퍽!

"……."

"흥! 엿이나 먹어라, 이 빌어먹을 놈아!"

이내 그는 멀어져갔고, 지헌수는 자신의 입에 흐르는 피를 소맷자락으로 닦아냈다.

브로드웨이에서 극단을 운영하고 있다는 미카엘 톰슨은 입가에 상처를 입은 지헌수를 바라보며 미안한 표정을 짓고 있다.

"그러게… 내가 뭐라고 했습니까? 저놈은 지금 건드리면 안 되는 상태라니까요."

"사람이 눈 돌아가면 보이는 것이 있겠습니까? 몇 번 더 접촉해 보면 답이 나오겠죠."

지헌수는 블루에게 브로드웨이의 한 극단주를 소개받았고, 그의 단원으로 일하던 남자에 대해 전해 들었다.

얼굴이 비교적 알려지지 않았지만 연기에 대한 재능이 출중한 사람을 구하기 위해 브로드웨이를 찾은 그는 술주정뱅이 네이튼이라는 사람이 원래 이 바닥에선 꽤나 유망주였다는 사실을 우연히 엿들었다.

그리곤 그에 대해 수소문하여 극단주 미카엘 톰슨을 소개받았던 것이다.

하지만 지금 네이튼은 5년 전에 겪었던 불의의 사고로 인해 심신이 많이 피폐해 진 상태였다.

그는 5년 전, 브로드웨이에서 단독 주연을 맡으면서 일약 스타덤에 오를 뻔 했지만, 연인이었던 클라라에게 배신을 당하는 바람에 슬럼프에 빠졌다.

그 이후로 지금까지 그는 매일처럼 술만 퍼마시면서 극단 허드렛일을 도맡고 있었다.

한마디로 지금 그는 패배감이 뼛속까지 깊게 찌든 폐인이라는 소리였다.

일반적인 배우를 구하는 사람이라면 당연히 네이튼 같은 배우는 질색이겠으나, 지헌수는 달랐다.

사기를 위해 구할 배우를 써먹는 지헌수의 입장에서야 네이튼은 그야말로 보석과도 같은 사람이었다.

지금 그가 생각하기에 이보다 더 좋은 조건은 있을 수도 없었다.

반짝 스타로 떴다가 진 그이기 때문에 얼굴을 알아보는 사람도 없을 것이며, 그 연기력은 이미 인정받았다고 볼 수 있었다.

그러니 그를 잘 훈련시키면 앞으로도 자주 써먹을 수 있겠다 싶었던 것이다.

하지만 그 일은 생각보다 만만치가 않았다.

"원하신다면 다른 배우를 소개시켜 드릴 수도 있습니다만……."

"아닙니다. 저는 네이튼이 꼭 필요해요. 다른 사람도 아니고 저 주정쟁이가 말입니다."

그는 미카엘에게 네이튼의 주소를 받아낸다.

"네이튼이 어디에 거주하는지 알고 계시지요?"

"그렇긴 하지요."

"주소를 좀 알려주십시오."

지헌수는 그에게 100달러 지폐를 한 장 건넸고, 미카엘은 즉시 그 돈을 건네받았다.

"흠흠! 뭐, 그렇다면야… 하지만 후회는 하지 마십시오."

"물론입니다."

그는 미카엘에게서 받은 쪽지를 가지고 뉴욕 할렘가로 향했다.

미국 할렘강과 센트럴파크 사이에 위치한 할렘가, 이곳은 100만이 넘는 흑인들이 거주하고 있으며 열악한 생활환경으로 인해 범죄의 온상이 되고 있는 곳이다.

휘이이이잉—!

지헌수는 할렘가의 을씨년스러운 풍경에 살짝 미간을 찌푸렸다.

"…전체적으로 좀 어둡군."

전 세계에서 가장 부유한 도시이며 금융, 증권, 돈의 중심지인 뉴욕에서 이런 거리가 존재한다는 것 자체가 상당히 이질적으로 느껴지는 지헌수였다.

그는 길게 늘어선 벽화들을 따라서 길을 걷다가 다 쓰러져가는 연립주택 앞에 멈추어 섰다.

끼익, 끼익—

마커스 연립주택

도대체 언제 지어진 것인지도 모를 정도로 낡은 연립주택의 3층으로 올라간 그는 첫 번째 집의 문을 두드린다.

쿵쿵쿵!

"계십니까?"

그의 정중한 인기척에 현관문이 열리며 한 흑인 여성이 모습을 드러낸다.

마치 타란튤라의 다리처럼 굵고 투박한 레게머리를 위로 묶은 그녀는 상당히 육감적이면서도 백인과 같은 외모를 가지고 있었다.

하지만 흑인 특유의 글래머러스한 몸매와 도톰하고 검붉은 입술이 그녀가 혼혈이라는 것을 금방 알아챌 수 있게 해주었다.

"네이튼을 만나러 왔습니다만."

"…무슨 일이시죠?"

"극단 일 때문에 찾아왔습니다. 지금 집에 있습니까?"

"없어요. 어제 집에 들어오지 않았어요."

"그렇군요. 그럼 언제쯤 들어온다는 말은 없었습니까?"

그녀는 네이튼의 행방을 캐묻는 그가 썩 달갑지 않은 모양이었다.

"…무슨 일인데 사람을 그렇게 찾아요? 당신, 경찰이에요?"

"아닙니다. 저는 극단의 소개로 그를 찾아온 사람입니다. 함께 일하기 위해 찾아왔습니다. 별다른 감정은 없어요."

"정말이에요?"

"물론입니다."

"흠…….."

그녀는 잠시 그를 위 아래로 훑어보더니 이내 문을 연다.

"좋아요, 들어오세요."

"고맙습니다."

이윽고 그녀를 따라서 안으로 들어선 지헌수는 입구부터 발에 걸리는 술병들을 바라본다.

팅팅팅—

발에 한 번 걸린 술병이 굴러가면서 다른 술병들을 건드렸다. 지헌수는 마치 도미노가 무너지는 느낌을 받았다.

'사람이 사는 방에 이렇게 많은 술병이 굴러다니다니, 이것만 팔아먹어도 한 끼 식사는 거뜬히 나오겠군.'

도대체 몇 병인지 가늠조차 할 수 없는 술병들이 아무렇게나 놓여 있어, 꼭 고물상과 같은 느낌이 드는 집이다.

그녀는 지헌수를 집안 구석으로 데리고 와 술병을 치우며 말했다.

"앉을 자리가 마땅치 않아요. 그는 술병을 치우는 것을 극도로 싫어하거든요."

"편집중 같은 건가요?"

"뭐, 비슷하다고 할 수 있겠네요."

자리에 앉은 지헌수에게 그녀는 차가운 커피를 건넸다.

"마실 거리가 없어요. 어제 받아놓은 커피라도 괜찮다면 마셔요."

"고마워요."

이윽고 그녀는 지헌수에게 방문 목적에 대해 물었다.

"그래, 다 늘어져 목소리도 잘 안 나오는 네이튼은 왜 찾는 것이죠?"

"말씀드렸다시피 함께 일을 하고 싶어서 찾아온 겁니다."

"일이라… 정상적인 일은 아니겠군요."

지헌수는 그녀에게 모든 것을 이실직고 한다.

"판을 크게 벌일 일이 있습니다. 한번 잘 벌이면 1억 달러는 우습게 벌 만한 일이죠."

"당신, 무슨 CIA에서 나왔어요?"

"아니요, 그렇지는 않습니다. 오히려 CIA가 저를 만나게 된다면 아주 까무러치고 쓰러질 그럴 사람이죠."

"으음, 그럼 정상적인 사람은 아니라는 소리군요."

"그렇게 보인다면 어쩔 수 없고요."

두 사람이 대화를 나누고 있던 바로 그때, 방구석 한편에 있던 박스가 들썩이더니 숙취에 찌든 네이튼이 모습을 드러냈다.

"끄으……."

"네, 네이튼!"

"또 왔군. 당신, 취향이 독특한 사람인가?"

"아니, 그런 것은 아니고……."

네이튼은 지헌수의 커피를 확 빼앗아들며 물었다.

"그 나쁜 일이라는 것, 정확히 어떤 일이지?"

"자세한 것은 나를 따라오면 말씀해드리지요."

"…사정설명도 없이 낯선 사람을 따라가라고? 요즘 때가 어느 때인데 그런 소리를 하나?"

"어쩌면 황당할 수도 있겠죠. 하지만 나는 절대로 당신을 실망시키지 않을 겁니다. 만약 그렇다면 내 머리를 총으로 갈겨버려요."

"후후, 재미있는 사람이군."

이내 네이튼이 고개를 끄덕인다.

"좋아, 함께 가지."

"정말 결심하신 겁니까?"

"하지만 조건이 하나 있어."

지헌수는 기쁨에 찬 목소리로 물었다.

"원하는 것이 뭡니까? 말씀하십시오."

"일이 끝나면 우리 두 사람의 스웨덴 시민권을 좀 구해줘. 그럼 내가 당신을 돕지."

밑도 끝도 없이 시민권을 사달라는 네이튼, 지헌수는 얼떨결에 고개를 끄덕였다.

"좋습니다. 그 정도는 어렵지 않지요."

"후후, 뭐 이 정도 조건이면 어떤 일이든지 응하도록 하지."

이윽고 자리에서 일어선 지헌수가 그에게 명함을 한 장 건넸다.

술집 마브르스

"브룩클린에 있습니다. 오늘 저녁 7시까지 오시면 술 한잔 하면서 얘기를 전해 드리지요."

"알겠어."

그리곤 집을 나서는 지헌수, 네이튼은 슬그머니 미소를 짓는다.

"큭큭, 멍청한 원숭이 놈. 건 수 하나 잡았군!"

"뭘 어쩌려고?"

"내게 다 생각이 있어."

그는 득의에 찬 미소를 이어나간다.

제2장
주정뱅이 길들이기

　브룩클린에 위치한 술집 마브르스는 이제 슬슬 사람들이
한창 몰려올 시간대에 접어들었다.

　웅성웅성—

　그런 술집 마브르스 내에서도 가장 안쪽에 위치한 테이블
에 지허수와 네이튼이 함께 마주앉아 있었다.

　지헌수는 저녁 7시가 되기도 전에 도착한 네이튼을 바라보
며 반색한다.

　"일찍 왔군요! 드디어 마음을 잡은 겁니까?"

　"뭐, 그렇다고 봐야지."

"하하! 잘 생각한 겁니다! 이건 당신에게 일생일대의 기회가 될 겁니다."

　이윽고 지헌수는 그에게 이번 일에 대한 계획을 설명했다.

　"아마 내가 뭐하는 사람인지 무척이나 궁금했을 겁니다."

　"그래, 그건 맞아. 도대체 뭐하는 사람이기에 1억 달러라는 돈을 운운하는 것이지?"

　"나는 한국계 기업 강남그룹에서 나온 사람입니다. 직함은 이사고요."

　"대기업 이사라⋯⋯."

　지헌수의 명함을 받은 네이튼이 그것을 잘 갈무리하며 물었다.

　"좋아, 당신의 이름과 직책은 잘 알았으니 그룹에서 뭘 어떤 일을 하려는 것인지나 알려줘."

　"간단합니다. 어떤 사람을 속이기만 하면 됩니다. 아니, 당신은 그냥 내가 정해준 배역을 연기하기만 하면 되는 것이죠."

　"그러니까, 다른 사람 행세를 해달라는 소리군?"

　"그렇습니다."

　네이튼은 흔쾌히 고개를 끄덕인다.

　"좋아, 하자고."

　"저, 정말입니까?!"

"하지만 조건이 있어. 내가 말했던 시민권과 함께 보수의 선수금 50%를 먼저 줘."

"선수금을요?"

"나도 믿을 구석이 있어야 당신들이 시키는 일을 해달라는 대로 해줄 것 아니야?"

"흠……."

지헌수는 난감한 표정을 짓는다.

"이 일의 보수가 생각보다 세서 선수금을 그렇게 많이 줄 수는 없는데……."

"보수가 얼마인데?"

"100만 달러입니다."

순간, 네이튼이 실소를 흘린다.

"후후, 후후훗! 뭐라고? 얼마라고?"

"100만 달러요. 여기서 선수금이면 얼마나 많은지 알겠죠?"

네이튼은 그의 말을 믿을 수가 없다는 듯이 웃는다.

"큭큭! 내가 무슨 시골촌뜨기인 줄 아는 모양인데, 이 세상에 누가 그렇게 많은 금액을 선뜻 건네나!"

"그러니까 제가 판이 좀 크다고 말하지 않았습니까? 잘못하면 당신이 죽을 수도 있어요."

"…뭐?"

"사람 목숨이 걸려 있으니 이렇게 많은 돈을 주는 겁니다. 만약 그렇지 않았다면 길거리에 지나다니는 사람을 아무나 붙잡고 이 일을 맡기려 했겠죠."

"……."

가만히 그의 얘기를 듣고 있던 네이튼은 이내 고개를 끄덕였다.

"좋아, 선수금 얘기는 조금 절충하기로 하지."

"절충이요?"

"5%만 내놔. 그럼 믿을게."

"흠……."

지헌수는 그의 제안을 듣고 한참을 고민하다 어쩔 수 없이 그 조건을 수락하기로 한다.

"좋습니다. 원래는 안 되는 일이지만 내 돈으로 충당하죠. 5%를 지급하겠습니다."

"하하! 말이 좀 통하는 친구로군!"

이윽고 지헌수는 그에게 여권 두 장을 건네며 말했다.

"이것을 가지고 있다가 스웨덴으로 건너가면 내가 일러준 사람에게 찾아가십시오. 그럼 신분증을 발급해 줄 겁니다."

"후후, 고맙군."

지헌수는 자신의 지갑에서 수표를 한 장 꺼내서 서명했다.

슥슥슥!

개인수표 50,000 달러 정

"이것을 환전해서 사용하십시오."

"좋아, 좋아!"

돈을 받은 네이튼이 한껏 흥분해서 그에게 악수를 건넸다.

"이 은혜는 잊지 않도록 하지!"

"저야말로."

그는 한껏 기분이 좋아진 얼굴로 술집을 나섰다.

"자, 그럼 나는 이만……."

"잠깐만요. 아직 정확한 계획에 대해 말씀드리지 않았습니다만?"

네이튼은 지헌수를 바라보며 실소한다.

"큭큭! 멍청한 놈! 내가 미쳤다고 너를 믿고 일할 것이라 생각했나?"

"…뭐요?"

"이 돈과 여권은 잘 쓰겠어. 그냥 좋은 곳에 기부했다고 생각해."

"……."

그리곤 곧장 술집을 나선 네이튼, 그는 오늘 횡재수가 따른다고 생각했다.

"이 돈이라면 당장 미국을 뜰 수도 있겠어!"

입이 귀에 걸린 네이튼, 하지만 그는 얼마 가지도 못하고 그 자리에 멈춰서고 말았다.

"잠깐……."

"뭐야?"

"사람이 호의를 베풀면 최소한 화답은 해줘야 하는 것 아닌가?"

"큭큭! 이런 미친놈이?"

그는 자신의 어깨를 잡은 지헌수의 팔을 뿌리친 후, 주먹을 날리려 했다.

하지만 지헌수의 팔은 그의 손에 의해 날아가지 않았다. 아니, 오히려 그의 손을 잡아 꺾어버리고 말았다.

뚜둑!

"크윽!"

"빌어먹을 놈… 아주 매를 버는 군."

"이거 안 놔?"

네이튼은 그 즉시 품속에서 잭나이프를 꺼내어 지헌수에게 휘둘렀고, 그는 어깨에 자상을 입고 말았다.

촤락!

그러자, 네이튼이 득의에 찬 표정을 짓는다.

"큭큭! 할렘가를 그렇게 우습게 보았다니, 나는 백인임에

도 불구하고 흑인과 굴러먹는 놈이야! 나를 물로 봤나!'

"……."

가만히 자신의 팔뚝을 바라보던 지헌수가 이내 자신의 윗옷을 벗기 시작한다.

슥슥—

그러자, 자상이 난 팔뚝 사이로 상처가 난 그의 용문신이 자태를 드러냈다.

"문신?"

"문신은 그 사람이 살아온 세월을 대변한다. 나는 이 문신을 17살에 뒷골목에서 받았지."

"미친놈, 뭐라는 거야?"

"그러니까, 나는 17살 때부터 암흑가에 몸을 담았었다는 소리지."

미국을 비롯한 서양은 몰라도 동양에서 문신은 조금 다른 의미를 갖게 된다.

네이튼은 그가 조폭이라는 것을 이제야 알아챘다.

"조폭? 네놈 깡패였어?"

"…그랬었지. 하지만 요즘은 기업의 이사로서 잠잠히 살아가려 노력하는 중이다."

"큭큭! 그래봤자지! 이 약골 같은 놈!"

그는 다시 지헌수의 팔뚝을 노렸지만 이내 1초도 지나지 않아 자신의 행동을 후회하게 되었다.

빠각, 퍼억!

"끄아아아악!"

지헌수는 그의 팔을 잡아 비튼 후, 곧바로 무릎으로 그의 팔을 찍어 눌러버렸던 것이다.

덕분에 팔이 기이하게 꺾어버린 네이튼은 고통에 찬 비명을 질러댄다.

"끄악, 끄악! 살려줘!"

"…뒤지고 싶다면 그냥 자살을 해라. 사람 열 받게 하지 말고."

이윽고 지헌수는 그의 머리채를 끌고 술집을 나섰다.

"가자, 네놈은 개조가 조금 필요하겠어."

"허억, 허억! 어서 911에 신고를 해줘!"

"닥쳐라!"

퍼억!

"컥!"

네이튼은 지헌수의 발로 머리를 얻어맞자마자 곧바로 기절해 버리고 말았다.

*　　　*　　　*

한 치 앞도 보이지 않는 어두운 공간, 네이튼은 기절하고 난 후 시간이 얼마나 지난 것인지 가늠도 할 수 없을 정도로 오래 눈을 감고 있었다.

"크음……."

그래서인지 눈을 뜨는 그의 표정에 오만상이 다 찌푸려져 있다.

가까스로 눈을 뜬 네이튼은 자신의 팔과 다리가 모두 묶여 있으며, 이곳은 아무것도 보이지 않는 밀실이라는 것을 깨닫는다.

"이, 이게 뭐야?!"

"…이제 일어났군."

이윽고 지하밀실에 불이 켜졌고 네이튼은 자신의 앞에 펼쳐진 광경을 빠짐없이 목격하게 되었다.

"저런 후레자식, 감히 우리 형님의 돈을 노려?"

"다, 당신들은……."

"한국 건달을 물로 보는 새끼는 아주 회를 떠버려야지!"

네이튼의 눈앞에는 무려 30명이나 되는 청년들이 서 있었고, 그들은 하나같이 손에 삽을 들고 있었다.

그 가운데 서 있던 지헌수는 차갑게 가라앉은 눈으로 그들을 바라보며 말했다.

"한국에선 자신을 기만한 배신자들을 삽으로 다스린다."

"뭐, 뭐라고?"

"흙에서 났으니 흙에 묻어주는 것이 옳다고 보는 것이지. 하지만 그것은 위험부담이 너무 커. 왜냐고? 이런 도시에서 땅에 사람을 묻는 것은 생각보다 어려운 일이거든."

"……?"

도저히 이해가 가지 않는다는 표정으로 일관하는 그에게 지헌수가 물었다.

"너에게 선택지를 주마. 죽인 채 묻어줄까? 산 채로 묻어줄까?"

"그, 그게 무슨 말도 안 되는……!"

"죄를 지었으면 응당 벌을 받아야지. 안 그래?"

이윽고 지헌수는 그를 거대한 고무통에 집어넣도록 지시했다.

"넣어."

"예, 형님!"

"자, 잠깐! 이게 뭐하는 짓이야! 사람을 왜 고무통 안에 집어넣어?!"

"몰라서 물어? 도시에 사람을 묻기 힘드니까 콘크리트에 넣으려는 거잖아."

"허, 허억!"

그가 고무통 안에 들어가자, 조폭들은 그 즉시 시멘트를 물과 섞기 시작했다.

슥삭, 슥삭!

"참고로 시멘트는 거의 평생 부술 일이 없어. 왜냐고? 건물을 한 번 지으면 리모델링을 할 때까지 골조를 부수지 않거든. 그러니 네가 건물 내벽에 잠들었다고 해도 알 수 있는 사람은 아예 없다는 소리지."

"사, 살려줘! 살려줘!"

"으음, 그건 불가능해. 이미 배신을 한 놈을 다시 살려두는 것은 규칙에 위배되는 일이거든."

"흑흑!"

"부어!"

"예, 형님!"

조폭들은 고무통 안에 차곡차곡 양생된 콘크리트를 붓기 시작했고, 그의 몸은 순식간에 굳어간다.

철퍽, 철퍽!

"크흑! 크흑……!"

"얘들아, 단단히 묻어라. 냄새가 나면 곤란하다."

"큭큭! 형님, 콘크리트 안에선 썩어도 냄새가 안 납니다! 걱정하지 마십시오. 산 채로 박제가 될 테니."

"하긴, 그건 그렇군."

이렇게 살벌한 대화를 나눔에도 불구하고 그들은 여전히

즐거운 표정이었고, 그것은 네이튼에게 극한의 공포를 가져다주었다.

"흑흑! 살려만 주십시오! 뭐든 다 하겠습니다! 시키는 일이라면 목숨을 바쳐 해내겠습니다!"

"정말?"

"예!"

"흐음, 어쩌지? 이놈을 다시 살려줘야 하나?"

"그냥 묻죠, 형님. 브룩블린 앞바다에 버리면 누가 알겠습니까? 건물에 숨길 필요도 없습니다."

"그렇지? 그게 낫겠지?"

"흑흑! 살려주십시오! 돈도 안 받겠습니다! 이 여권, 여권도 드릴게요!"

"그건 당연한 소리고. 죽을 때 노잣돈으로 그 많은 것을 다 가지고 가려고 했었나? 미친놈이로군."

"큭큭큭큭!"

완벽하게 반전되어 버린 상황, 네이튼은 진심으로 자신의 잘못을 후회하기 시작했다.

"절대로 다신 딴 마음 안 먹겠습니다! 시키면 시키는 대로 움직일게요! 그러니 제발……!"

점점 그의 몸을 차갑게 채워가는 콘크리트, 지헌수는 그제야 삽질을 거두도록 한다.

"그만해."

"예, 형님."

"가, 감사합니다! 감사합니다!"

"그러게 왜 사람의 뚜껑은 열리게 만들어? 다음부터는 발이 아니라 아가리부터 채워주는 수가 있어."

"감사합니다!"

그제야 고무통에서 빠져나온 네이튼은 무릎을 꿇은 채 지헌수의 앞에 앉았다.

"흑흑, 시켜만 주십시오!"

"좋아, 일단 씻고 다시 얘기하지. 이놈을 씻겨서 데려와라."

"예, 형님!"

"감사합니다, 감사합니다!"

그는 자신의 시야에서 지헌수가 사라질 때까지 연신 고개를 숙였다.

*　　　*　　　*

네이튼은 죽다 살아났다는 의미로 M사의 햄버거 세 개를 연달아 먹게 되었다.

"우걱우걱!"

"죽다가 살아나면 삼 세 번은 먹어야 한다고 들었다. 다 먹어."

"감사합니다!"

지헌수는 그런 그에게 신분증사본과 학력위조증을 건네며 말했다.

"너는 이제부터 회계사다. 일주일 안에 내가 건네는 대본을 다 외우지 못한다면 죽을 것이다. 알겠나?"

"이, 일주일이요?"

그가 건넨 대본은 무려 두께 5cm에 달하는 물건이었다. 만약 정상적인 사람이 이것을 외운다면 족히 1년은 걸릴 터였다.

"완벽히 외우지 않아도 좋아. 네가 연기하는데 필요한 것들만 다 외워. 그럼 살려주지."

"하, 하지만……."

"왜? 다시 고무대야에 들어가고 싶어?"

"아, 아닙니다! 하겠습니다!"

"그래, 그래야지. 그래야 네가 제명이 돼질 수 있어."

"……."

잠시 지헌수의 뒤통수를 치려했던 네이튼은 참회의 눈물을 쏟아낸다.

"아무튼 살려주셔서 감사합니다! 이 은혜는 잊지 않겠습니다!"

"당연히 그래야지."

그는 네이튼에게 전화를 하나 건넸다.

"요즘 스마트폰은 위치추적이 가능해서 좋아. 통화 내용과 문자 검열도 가능하고 말이야."

"……."

"항상 몸에 지니고 다녀. 앞으론 이 전화를 쓰도록 하고."

"예, 알겠습니다!"

"만약 내가 전화를 했는데 부재중이라거나 허튼 수작을 부리면… 인생이 참 재미없을 거야. 내가 네 인생을 지옥으로 바꿔줄 테니까."

"여, 여부가 있겠습니까!"

그제서야 지헌수는 그를 이 지독한 공간에서 해방시켜 주었다.

"가 봐. 내일 아침까지 다시 이곳으로 오도록 하고."

"감사합니다!"

그는 엉덩이에 불 난 사람처럼 이곳 지하실을 빠져나갔다.

그날 밤, 네이튼은 눈만 감으면 지헌수의 얼굴이 떠올라 잠에서 깨어났다.

─큭큭!

"허, 허억!"

"허니? 무슨 일이야? 왜 아까부터 자는데 식은땀을 그렇게 흘려?"

"…아무것도 아니야."

"뭐야? 무슨 일인데 그래?"

"그냥 몸이 좀 안 좋아서 그런 것 같아."

"갑자기 왜 그러는 거야? 무슨 일이 있었던 것은 아니고?"

"괜찮아……."

네이튼은 지하밀실에서 집으로 돌아오는 내내 경찰서로 신고를 하러 갈까 수백 번도 더 생각했다.

하지만 저들은 경찰을 부른다고 어떻게 될 사람들이 아닌 것 같았다.

오히려 신고를 했다간 지금 그와 함께 살고 있는 제시카까지 위험에 처할지도 모른다는 생각이 들었다.

때문에 그는 자다가 경기를 일으키는 한이 있어도 경찰에는 눈도 들이지 않고 있었던 것이다.

'그래, 한번 제대로 연기해 주고 눈을 감자. 그럼 다시는 나를 괴롭히지 않을 거야.'

이윽고 그는 자다가 일어나 갑자기 대본을 읽기 시작했다.

"어머! 허니, 드디어 일을 시작하는 거야?"

"사람이 일단 살고는 봐야 하니까."

"오호호호! 드디어 사람 됐네?! 축하해!"

"…시끄러워. 잠이나 계속 자."

"후후, 알겠어! 사랑해, 허니!"

"……."

그의 사정을 알 리가 없는 제시카야 한껏 신이 나 있었지만, 그는 여간 마음이 무거운 것이 아니었다.

'죽을 맛이군.'

그는 목숨을 걸고 대본을 외워 나갔다.

*   *   *

일주일 후, 강남그룹 미국지사로 말끔한 정장차림의 네이튼이 들어선다.

"아, 안녕하십니까!"

"이 사람이 바로 네가 얘기했던 배우인가?"

유하는 잔뜩 주눅이 들어버린 네이튼을 바라보며 지헌수에게 물었다.

그러자, 그는 살짝 고개를 숙인다.

"예, 회장님. 5년 전에는 브로드웨이에서 주연도 맡았었답니다."

"오호, 그래? 그럼 연기력은 확실하겠군."

"멘탈도 강화했습니다. 아마 정신을 놓지 않는 이상에야 목숨을 걸고 일할 겁니다."

전후사정을 모두 전해 들은 유하는 지헌수가 괜히 중간보스까지 올라왔던 사람이 아니라는 사실을 알 수 있었다.

"너도 참 지독한 놈이구나. 어떻게 사람을 이렇게 만들 수가 있지?"

"배운 것이 도둑질이라고, 사람을 개조하는 일은 제가 가장 자신 있는 일입니다. 아무리 그래도 이 바닥 짬밥이라는 것이 있어서요."

"후후, 그래. 모로 가도 서울만 가면 되는 것이지."

유하는 그에게 즉석에서 연기를 시켜 능력을 검증해 보기로 했다.

"질문 하나 하지. 미국의 금융법상, 내가 지명하는 회사의 문제점들을 짚어봐."

"예, 회장님."

잔뜩 주눅이 들어 있던 그는 유하의 질문 한마디에 표정을 싹 바꾸며 설명에 들어간다.

"지금 보시는 이 그룹은 높은 부채 비율을 일시적으로 낮추기 위해 비자금으로 물타기 증자를 했습니다. 출처가 불분명한 돈으로 회사를 자유자재로 움직인 것이지요. 이는 법에 저촉되는 일임과 동시에 자살행위나 마찬가지입니다. 만약 저라면 이 회사를 절대로 인수하지 않을 겁니다."

"흠… 수박 겉핥기식이지만 느낌은 괜찮군."

"감사합니다!"

목숨을 건 것인지, 아니면 그가 연기를 잘하는 것인지 유하의 즉흥 연기 주문에도 그는 흐트러진 모습이 없었다.

일이야 어찌되었건 제대로 된 배우를 구했다는 것이 중요한 일이었다.

"좋아, 그럼 변호사와 회계사는 준비가 된 것이군?"

"예, 회장님. 회장님께서 투자전문가 역할만 해주시면 됩니다."

"그래, 알겠다."

원래 회계사 역할을 맡으려 했던 유하는 지헌수가 인력을 조달할 수 있다는 소리에 투자전문가 행세를 맡기로 했었다.

이것을 공부하면서도 반신반의했었던 유하이지만 지헌수는 기대 이상으로 좋은 배우를 섭외했다.

유하는 흡족한 표정으로 지헌수를 바라본다.

"좋아, 일을 꽤 깔끔하게 진행했군."

"감사합니다!"

"이번 일이 끝나면 지분을 좀 떼어주지. 보상이라고 생각해."

"이 은혜는 앞으로 두고두고 갚겠습니다!"

"후후, 무슨 말을. 회사에서 성과급 지급은 당연한 일이지."

이제 유하는 모든 준비를 마친 셈이다.

"가자. 지금쯤이면 그녀가 바람을 다 잡아놓았을 거야."

"예, 회장님."

유하는 네이튼과 연지훈을 데리고 월스트리트로 향한다.

*   *   *

제이든 헬레이크는 유비튼의 이사임과 동시에 조직 유비튼의 수뇌부이다.

그는 부동산 사기와 마약 불법 밀매 등으로 지금까지 꽤 많은 자산을 축적해 온 상태이지만, 최근에는 그 벌이가 점점 주춤하는 추세였다.

유비튼 투자신탁의 자금이 출자되는 OK그룹에서 자금의 회수율을 점점 더 높여가고 있었기 때문이다.

OK그룹의 매출이 부진할 때엔 유비튼이 조금 무리해서 자금을 상환해야 하는데, 최근 원유 폭락과 함께 엔화, 위안화, 유로화 약세 등으로 그 비율이 서서히 높아져만 가고 있었다.

그런 이유로 유비튼의 수뇌부는 자신의 주머니를 따로 차지 않으면 지금의 자산을 운용하기조차 힘든 상황이었다.

아무리 유비튼에서 이들에게 배당금을 지급하고 있다곤 해도 그 비율이 매일 들쑥날쑥이라 개인 사업이 자꾸 휘청거리고 있었던 것이다.

제이든 헬레이크는 이제 부동산 사기와 마약 밀매 등에서 손을 떼고 본격적인 주류사업을 펼치고 있었기에 자금의 유동은 이전보다 약 5배가량 더 많아져야 했었다.

그래서 그는 요즘 돈이 되는 일이라면 눈에 불을 키고 달려드는 중이다.

그런 그에게 엘레리나 정이라는 여자가 한 가지 엄청난 제안을 해왔다.

그것은 바로 한국계 기업 세 개가 한 회사를 통해 인수 합병이 진행되고 있다는 소식이었다.

일반적으로 회사가 회사를 인수 합병하는 것은 서로의 시너지 효과를 위해서나 투자가치를 통해 이윤을 창출하기 위해서다.

하지만 엘레리나 정이 알려준 정보에 의하면, 이 세 개의 회사는 오로지 비자금 조성만을 위해 인수되는 것이라고 했다.

때문에 세 개의 회사들은 가치평가에서 대략 5배에서 10배가량 평가절하된 상태로 시장에 나오게 되었다.

비자금을 조성하려 한 회사는 이것들을 자신이 흡수하여 10배나 되는 자금을 뒤로 빼돌리려 했던 것이었다.

한마디로 지금 이 회사를 그가 인수하게 된다면 당연히 10배에 달하는 이윤을 챙기게 되는 셈이었다.

그러나 요즘 자금사정이 별로 좋지 않았던 제이든이기 때문에 대략 5천만 달러의 금액을 사용하는데도 신중을 기울여야 한다.

원래 자산규모가 1억 달러에 달했던 제이든이었지만. 요즘은 OK그룹의 압박으로 유통시킬 수 있는 자산이 절반가량으로 떨어졌기 때문이다.

한마디로 인수 합병을 단행했다가 잘못되면 길거리에 나앉게 될 수도 있다는 뜻이었다.

제이든은 엘레리나 정과 네 번째 접촉을 가지면서 이 사안에 대한 정확한 내용 증명을 요구했다.

"인수 합병설이 제기되었던 것은 분명 그에 대한 근거가 있을 터, 그것을 어떻게 증명할 겁니까?"

"증명이라… 당연히 그렇게 생각하실 것이라고 예측했습니다. 그래서 저는 믿을 만한 전문가들을 섭외해서 미리 계획을 짰습니다."

"전문가?"

"괜찮으시다면 제가 자문을 구했던 전문가들을 만나보시겠습니까?"

"뭐, 그럽시다."

엘레리나 정은 한국은 물론이고 미국과 영국에서도 꽤 큰

자산을 운용하던 자산전문가이기 때문에 그녀 하나만으로도 충분히 신뢰가 갈 만할 상황이었다.

하지만 그녀는 자신보다 이 분야에 정통한 사람들에게 자문을 구하여 단단히 방비하려 했던 것이었다.

그녀는 제이든에게 양해를 구한 후, 어디론가 전화를 걸었다.

"네, 접니다. 들어오세요."

이윽고 그녀의 지시에 따라서 세 명의 남자가 줄을 지어 들어선다.

모두 칼로 잰 듯이 몸에 딱 맞는 수트에 날카로워 보이는 안경까지 쓰고 있어서 전문가라는 생각이 절로 들게 하는 인상들이었다.

제이든은 그들이 뿜어내는 포스에 자신마저 기가 눌리는 것 같았다.

'상당히 불편한 인상들이군…….'

만약 길거리에서 마주쳤다면 말조차 섞기 싫을 정도로 날이 선 그들이었지만, 자산에 관련된 문제이니 오히려 신뢰가 가는 듯했다.

남자들 중에서 가장 먼저 입을 연 사람은 바로 펀드매니저였다.

"투자전문가 이용석입니다. 미국 이름은 제이든 리입니다."

"제이든이라… 나와 이름이 같군요."

"아아, 그랬습니까? 이것 참 우연이군요."

"아무튼 반갑습니다."

이윽고 그를 이어 두 명의 남자가 차례대로 명함을 내밀었다.

"저는 한국과 미국을 오가며 변호사 활동을 하고 있는 김명민입니다. 미국에선 저를 다니엘 킴이라고 부르지요."

"반갑군요."

"스테판 스텐포드입니다. 영국과 미국에서 공인회계사로 일하고 있지요. 최근에는 일본과 한국에도 영역을 넓히고 있습니다."

"그래요, 반가워요."

짧게 인사를 마친 그들은 자리에 앉아 대화를 이어나간다.

"이번 인수 건에 대한 설명을 원하신다고요?"

"그렇습니다."

"흠… 설명이라면 엘레리나가 충분히 해드렸을 것이라고 생각합니다만, 조금 부족한 면이 있었던 것이군요?"

"부족하다기보다는 부연 설명이 덧붙여졌으면 좋을 것 같아서 말입니다."

"그렇군요."

회계사라고 자신을 소개한 사내는 금산제지에 대한 소개를 먼저 시작한다.

"금산제지는 한국에서 출판업을 겸업했던 회사입니다. 종이책 시장이 한창 호황일 때 수익률 1, 2위를 다투던 기업이지요. 하지만 그들은 종이책 시장이 전자책으로 전환되는 시기에 적응하지 못하고 도태되고 말았습니다. 여전히 그 규모는 업계 최고입니다만, 타 분야에 대한 지식이 부족하여 인도계 투자회사로 인수 합병되었지요. 지금은 오히려 그 가치가 점점 더 커져가고 있습니다만, 지주회사는 이 회사의 평가를 절하시키고 주식을 다량 회수했습니다."

"회사를 되파는데 커진 덩치가 부담이 되기 때문입니까?"

"바로 지적하셨습니다. 그렇습니다. 인도계 회사 아싸르그룹은 이 회사를 다시 한국계 회사에 되파는데 상당한 부담을 느꼈습니다. 그래서 비자금이 필요한 기업들을 선별해서 접촉을 시도했지요. 그 과정에서 금산제지는 대략 10배가량 평가가 절하되었습니다. 지금 그들이 가진 기업경쟁력은 중소기업에도 못 미칩니다. 하지만 사실, 일개 지주기업으로 성장해도 손색이 없지만 말입니다."

"그런 사연이……."

스테판 스텐포드는 자신의 다이어리를 덮으며 말했다.

"사실, 저는 이 사안에 대해 아는 사람이 최대한 적었으면 했습니다. 이렇게 은밀한 작전은 모르는 사람이 많을수록 좋거든요."

"…그게 무슨 소리입니까?"

"만약 선생께서 이 작전에 끼지 않는다면 더 좋겠다는 소리지요."

노골적으로 또 다른 투자자를 밀어냈으면 한다는 그의 주장에 제이든은 오히려 몸이 더 달아오르는 것을 느낀다.

"모두 다 좋자고 하는 일 아닙니까? 그리고 지금 와서 나를 빼놓고 돈놀이를 했다간 결국 개미들이 미친 듯이 몰려들 겁니다. 나는 남이 잘 되는 꼴은 결코 못 보는 사람이거든요."

"…뭐, 말이 그렇다는 겁니다. 그렇다고 선생을 빼놓고 일을 진행하겠다는 것은 아니고요."

"후후, 그래요. 그래야지요."

이제 제이든은 조금 더 이 프로젝트에 대한 확신을 갖게 되었다.

"기왕지사 재미를 볼 것이라면 조금 더 빨리 봅시다."

"일단 시기가 맞아야 재미를 봐도 봅니다. 조금 더 기다려 주세요."

"흠……."

의심이 걷히고 난 그에게 이젠 거칠 것이 없어 보인다.

제3장
돈 먹고 돈 먹기

새해가 지난 직후, 월스트리트에 새로운 인물들이 등장했다.

한국계 기업집단 강남그룹이 세 개의 회사를 인수 합병 하는 동시에 나스닥 상장을 준비하고 있었던 것이다.

이 소문은 아주 은밀하게 증권가 찌라시로 만들어져 특정 인물들에게만 퍼져 나갔는데, 이 소문에 대한 파급력은 정보를 공유한 사람들에게는 꽤 크게 다가왔다.

강남그룹이 인수하겠다고 선언한 기업들이 사실은 평가가 절하되었고, 이것은 사실 비자금 조성을 위한 것이라는 소문 때문이었다.

그로 인해 가장 발 빠르게 움직인 사람들은 다름 아닌 기업 사냥꾼들이었다.

요즘과 같은 시기에 기업사냥으로 남기는 이문은 오히려 장사를 하는 것보다 훨씬 더 많이 남았기 때문이다.

그중에서도 제이든 헬레이크는 단연 돋보이는 행보를 밟아나가고 있었다.

그는 금산제지와 일동식품, 예일무역에 대한 우선협상권을 따내기 위해 직접 인도로 건너가는 행동력을 보였다.

제이든은 아싸르 그룹의 고문 변호사를 통해서 뉴델리에서 대부업체를 경영하고 있다는 아싸르 그룹 상무이사 모하메드를 만날 수 있었다.

뉴델리 하그르 빌딩 스카이라운지에서 만난 모하메드는 우선협상에 대한 정보를 가지고 온 그를 신기한 눈빛으로 바라봤다.

"…소문 참 빠르군요. 언제 그런 정보들이 미국까지 건너갔단 말입니까?"

"발 없는 말이 천리를 간다는 한국 속담이 있답니다. 소문은 삽시간에 퍼져나가게 마련이지요."

"흠……."

이윽고 그는 모하메드에게 은색 수트케이스를 건넸다.

스윽—

"이게 뭡니까?"

"요즘 자금사정이 별로 좋지 않아 성의 표시는 그리 많이 못합니다. 하지만 결코 섭섭하시진 않을 겁니다."

철컥.

수트케이스를 열어본 모하메드는 흡족한 미소를 짓는다.

"달러로 1천만이라…. 언제 이런 무기명채권을 다 구하셨습니까?"

"뉴욕에서 못 구하는 물건도 있습니까? 돈이면 사람의 영혼도 사는 곳이 뉴욕입니다. 만약 계약이 잘 성사된다면 이보다 더 큰 성의 표시도 몇 번이고 더 해드릴 수 있습니다."

"후후, 그래요. 사람의 성의를 무시하는 것도 도리는 아니지. 내가 한번 힘을 써보겠습니다."

"저, 정말입니까?!"

"하지만 성의가 조금 더 필요할 수도 있어요."

"그게 무슨 말씀이십니까?"

"우선협상 대상자를 선정하는 일이 비단 우리 임원진들만의 뜻은 아니거든요."

"그럼……"

"회장님은 몰라도 대주주정도는 뒷배로 두고 있어야 하시는 일이 조금 더 수월하지 않겠어요?"

"흠, 확실히 그건 그렇군요."

"제가 다리를 놓겠습니다. 그 다음은 약간의 성의 표시만 하시면 될 겁니다. 대주주께선 그리 까다로운 분이 아니시거든요."

"그렇군요. 고맙습니다!"

"후후, 별말씀을. 아무튼 이 돈은 좋은 곳에 잘 쓰겠습니다."

"아무쪼록 그렇게 해주십시오!"

이내 멀어지는 모하메드에게 제이든은 끝까지 깊게 고개를 숙였다.

*　　　*　　　*

며칠 후, 제이든은 뉴델리 공항 인근에서 대주주 마하라를 만나게 되었다.

마하라는 이번 우선협상 대상자 선정에서 가장 중요한 쟁점은 상대방 회사가 얼마나 많은 원금을 치르냐는 것이라고 운을 뗐다.

"우리 회사가 가진 세 개의 자회사는 원자금력이 무려 10배에 달합니다. 그러니 원금에 조금이라도 더 가까운 돈을 제시하는 사람이 협상 대상자로 선정되겠지요."

"흠……."

강남그룹은 아싸르 그룹에게 1억 달러를 제시했다고 말했다.

그렇다는 것은 지금 제이든이 가진 모든 자산을 이곳에 쏟아붓는다 해도 과연 우선협상 대상자로 선정될 지는 미지수라는 소리였다.

그는 그녀에게 건넬 로비 자금을 준비했다가 이내 그것을 쏙 집어넣었다.

"마하라 님, 강남그룹에게 기업을 파는 것이 돈 때문입니까?"

"그럼 사업가가 물건을 파는데 돈 말고 또 필요한 것이 뭐 있겠어요?"

"으음, 그렇군요."

"1억 달러 그 이상을 준비하세요. 그렇게만 된다면 당신께 회사를 넘기죠."

"…알겠습니다."

애초에 예상했던 금액에 두 배나 되는 돈을 요구하는 그녀의 얘기를 들은 그는 문득 의문이 일어났다.

"그런데 말입니다, 그렇게 탄탄한 회사를 어째서 그렇게 헐값이 팔아먹으려는 겁니까? 공시시가대로 팔아버리면 그만인 것을."

"비자금을 조성해 주는데 필요한 회사를 넘긴다, 결국 우리가 원하는 것이 뭐겠어요?"

"비자금……."

"네, 맞아요. 우리는 1억 달러에 달하는 비자금이 필요했어요. 그렇지 않았다면 진즉에 회사를 제값이 팔아버렸겠지요. 하지만 그렇게 되면 어차피 세금을 떼고 윗선에게 돈을 가져다 바치면 남는 것도 없어요."

"하긴."

마하라는 지금 아싸르 그룹이 경영 악제에 휩싸여 벌써 10년째 적자행진을 계속하고 있음을 고백한다.

"우리그룹은 지금의 덩치를 유지하기 위해 천문학적인 빚을 지고 있어요. 지금도 국회의원들이 입김만 조금 불어도 회사가 우르르 무너질 판이죠. 그래서 공시시가를 공개하지 않고 기업들을 급매하는 겁니다. 만약 그렇지 않았다면 눈물을 머금고 이런 짓을 하지는 않을 겁니다."

"그렇군요. 이제야 모든 것이 이해가 갑니다."

이윽고 마하라는 그에게 1억 달러에 달하는 돈을 요구하곤 이내 돌아선다.

"1억입니다. 그 이하론 회사를 팔수가 없어요. 우리도 가져다 바칠 돈은 마련해놓아야 숨을 좀 쉴 것 아닌가요?"

"…알겠습니다. 한번 생각할 시간을 좀 주십시오."

"그래요. 천천히 한번 생각해봐요. 어떤 것이 자신에게 이득이 될 것인지 말입니다."

그녀가 떠나버린 자리에 남은 제이든이 깊은 고뇌에 빠져든다.

*   *   *

유하와 김태산 회장은 서울 강남의 한 포장마차에서 함께 술잔을 나누고 있었다.

쪼르르르—

김태산 회장의 술이 유하의 잔을 모두 채워지자마자 그는 술잔을 모두 비워낸다.

꿀꺽!

그리곤 이내 그 잔을 김태산 회장에게 내밀었다.

"감사합니다. 받으시지요."

"그러세."

이제 두 사람은 서로 술잔을 돌려 마시는 사이까지 발전하여 거리낌 없는 술친구가 다 되었다.

유하의 잔을 받은 김태산 역시 잔을 모두 비워낸 후, 그것을 다시 유하에게 넘기며 말했다.

"그나저나 유비튼에 대한 일이 그리 쉽지는 않을 텐데, 잘

진행이 되고 있는 건가?'

"최선을 다하고 있습니다. 하지만 우리가 던진 미끼가 워낙 큰 것이라 놈이 의심을 할지 걱정이군요."

"제이든이라는 놈 말인가?'

"예, 어르신."

"흠……."

제이든이라는 이름은 김태산 회장 역시 익히 잘 알고 있는 이름이었다.

"그 언젠가 한국에 미국산 마약이 대량으로 유통된 적이 있어. 그때, 제이든이 우리 그룹의 유통망을 이용했었지."

순간, 유하는 화들짝 놀라며 그 당시의 사정을 물었다.

"그런 일이 있었습니까? 저는 금시초문입니다만."

"뭐, 자네가 아직은 학생일 때의 얘기이니 모를 수도 있지. 더군다나 그때 그 사건은 내가 고등학교 동창인 검사 친구에게 부탁해 일을 무마시켜버려 더 이상 불거지지 않았던 거야. 아마 자네는 모르는 것이 당연하겠지."

"흠……."

"아무튼 그때 그 제이든이라는 놈이 유비톤을 이용하여 우리 직원들을 협박하고 유통회사를 마약 운반에 사용했어. 그래서 우리 계열사 두 곳이 아주 초토화되었다네."

"그런 말도 안 되는 일이 벌어졌다니, 믿을 수가 없군요."

"나도 처음엔 쉽게 믿어지지 않았어. 내가 피땀을 흘려 일군 회사가 하루아침에 무너지게 생겼으니 말이야. 놈은 나에게 혐의를 뒤집어씌우기 위해 조직력을 총동원했다네. 하지만 그때 마침 내 친구가 형사부 검사로 재직하고 있었기에 그들을 일망타진할 수 있었지."

"다행이군요."

"…지금도 그때를 생각하면 이가 갈린다네."

김태산은 지금까지 그룹을 일궈오면서 상당히 많은 풍파를 겪었지만, 당시의 타격은 상상을 초월하는 것이었다.

한국계 기업이 마약을 대량으로 유통하다 적발이 되었으니, 이것이야말로 정재계가 발칵 뒤집힐 일이라고 할 수 있었다.

하지만 김태산은 꽤나 운이 좋은 사람이라서 그 당시의 사건을 인맥과 자신의 재산으로 무마시켜 그룹을 지켜냈다.

"사람은 인맥이 중요하다는 사실을 그때 깨달았어. 특히나 사업을 하는 사람의 경우엔 더더욱 그렇지."

"좋은 말씀 감사합니다."

"후후, 자네 역시 여러모로 두터운 인맥을 쌓아두었더군. 그 인맥, 아주 잘 관리해서 끝까지 이끌고 나가게. 혹시나 자네가 힘들어진다고 해도 사람을 버리는 일은 하면 안 돼. 명심하게."

"예, 어르신."

두 사람이 술을 나누어 마시고 있을 무렵, 회사에서 이제 막 업무를 마치고 돌아온 민아가 술자리에 참석했다.

"아빠, 저 왔어요."

"그래, 어서 오거라."

"왔어요?"

반갑게 눈인사를 건네는 두 사람, 김태산은 알아서 두 사람을 붙여준다.

"강 서방 옆에 앉거라."

"네, 아빠."

이제 두 사람은 서로를 관계를 직접적으로 말해도 불편함이 없게 되었다.

오히려 두 사람 사이를 더욱더 가깝게 만들어 사이가 더 가까워지도록 만들어주고 있었다.

그리고 사실, 유하와 민아는 처음 만났을 때부터 한 집에 살다시피 하고 있었으니 당장 결혼을 전제로 삼는다고 해도 문제가 될 것은 없었다.

김태산은 민아에게 술잔을 건네며 말했다.

"그나저나 결혼을 하면 회사는 어떻게 할 작정이냐? 강 서방의 내조를 해줘야 할 것 아니냐?"

"그렇긴 하지만 제가 일군 회사를 포기하는 것은 생각을 더 해봐야 할 것 같아요."

그는 딸이 결혼해서도 일손을 놓지 않을까 봐 전전긍긍이다.

"자고로 여자는 남자를 잘 보필해야 해. 잘 알지 않냐? 내가 이 자리까지 온 것은 네 엄마의 헌신적인 노력 덕분이야. 남자는 여자가 만들어나가는 거야. 명심해라."

"그렇긴 하지만……."

유하는 김태산에게 묘안을 제시한다.

"어르신, 그렇다면 민아 씨의 회사를 직접 관리해주시면 어떻습니까?"

"뭐라? 내가 매니지먼트 회자를?"

"다른 사람도 아니고 민아 씨의 부친께서 회사를 맡는다고 하신다면 직원들이나 주주들도 쉽사리 납득할 수 있지 않겠습니까?"

"흠… 그럴까?"

"그리고 지금의 회사가 그룹으로 흡수된다면 주주들과 직원들은 훨씬 더 기뻐할 겁니다. 회사의 역량이 그만큼 더 커지는 것이니까요."

유하의 의견에 민아 역시 긍정적인 표정을 짓는다.

"그것도 나쁘지는 않겠네요. 다른 사람도 아니고 아빠라면 제 직원들도 안심할 수 있을 거예요."

"믿음직한 나무 아래에서 자라는 묘목은 든든한 버팀목을 타고 무럭무럭 자랄 겁니다."

하지만 이런 유하의 의견에 김태산은 아주 조금 다른 생각을 가지고 있는 것 같았다.

"아니, 아니야. 민아의 회사는 강 서방이 맡도록 하지."

"제가 말씀이십니까?"

"자고로 돈 관계는 정확해야 해. 우리 그룹이 어떤 그룹인가? 나 혼자 이끌어가는 기업이 아니지 않나? 남의 손이 타는 회사에 민아의 회사를 끌어들일 수는 없지."

"그렇지만 제 회사의 특성상 그건 좀……."

"아니, 아니지. 자네의 계열사 중에는 엔터테이먼트도 있지 않나?"

"흠……."

민아 역시 김태산 회장의 뜻에 동감하는 것 같았다.

"하긴, 태상엔터면 업계에선 꽤나 유명한 곳이에요. 만약 합병을 한다면 충분한 시너지가 발생하겠죠."

"하지만 사람들은 이미 태상그룹이 건달 집단이라는 것을 알 텐데요?"

"그럼 어때요? 어차피 지금은 유하 씨가 이끄는 합법적 기업집단인데요."

"으음, 그런가요?"

"나도 만약 유하 씨가 내 남편이 되어 연화엔터테이먼트를 책임져 준다면 마음이 편할 것 같아요. 그리고 나중에 내가 사장직에 컴백하고 싶을 때 무리가 없을 것이고요."

유하는 두 부녀의 말이 옳다는 것을 얼마 지나지 않아 인정할 수밖에 없었다.

그녀가 이끄는 회사 역시 법인이고 주식회사이기 때문에 경영권이 바뀌면 회사가 남의 손으로 넘어갈 수도 있다.

그럴 바엔 차라리 유하처럼 강력한 권력을 가진 회장이 이끄는 회사로 합병되는 편이 후일을 생각해도 좋을 것이다.

더군다나 그녀가 일터로 복귀했을 때 경영권 문제로 고생을 하지 않으려면 유하가 그 빈자리를 지켜 주는 편이 낫다.

"나중에 결혼식을 올리게 되면 제가 회사를 맡겠습니다. 한 번 제대로 키워서 민아 씨의 이상을 대신 이룰 수 있도록 노력하겠습니다."

"고마워요, 유하 씨."

"그래, 자네가 맡아준다면 나도 안심일세."

이내 세 사람은 잔을 비워낸다.

*   *   *

다음날, 강성그룹 후계자들이 한자리에 모여 각자 맡아 진행하게 될 경합회의가 열렸다.

김씨 일가에선 단연 유하가 원톱으로 나섰고, 다른 가문들 역시 장남들이나 차남을 속하는 팀이 출전하기로 했다.

회의를 진행하는 사회자가 차례대로 한 사람씩 앞으로 불러 제비뽑기를 진행시켰다.

"제비를 뽑아서 경합 과제를 배분하겠습니다. 이것은 처음 회사가 결성되었을 당시부터 약속된 것이니, 불만을 가질 수 없다는 것을 미리 공지해드리는 바입니다."

"물론이오."

가장 먼저 앞으로 나간 사람은 다름 아닌 유하였다.

"김씨 일가에서 세운 후계자는 신강남 씨입니다. 신강남 씨는 강남그룹의 오너기이도 하지만 동시에 김씨 일가의 사위입니다. 신강남 씨는 제비를 뽑아주십시오."

"알겠습니다."

처음엔 유하를 건달이라고 무시하던 사람들은 그가 풍기는 은은한 살기에 짓눌려 제대로 숨도 쉬지 못하고 있었다.

더군다나 그가 가진 잔악함은 이미 그 명상이 자자했기 때문에 쉽사리 뒷말을 내뱉는 사람이 없었다.

그는 의연한 걸음으로 제비 통이 있는 곳으로 걸어 나갔다.

"자, 손에 걸리는 공을 하나 잡아서 저에게 건네주시면 됩니다."

딸각, 딸각—

유하는 수많은 공이 들어 있는 제비 통에 손을 넣고 한 바퀴 휘휘 젓더니, 이내 빨간색 공을 꺼내들었다.

"신강남 씨께서 뽑아주신 공은 빨간색입니다. 그럼 지금부터 붉은 공에 대한 과제를 공개하겠습니다."

사회자는 유하가 뽑은 공에 맞는 과제를 펼쳐 발표한다.

"붉은색 공의 과제는 바로 미국지사 매출신장 2.25%달성입니다."

"으음……."

김태산 회장은 유하가 뽑은 과제를 바라보며 낮게 침음을 흘렸다.

하지만 유하는 자신이 조만간 틀어쥐게 될 유비톤을 생각하며 슬그머니 미소를 흘린다.

'매출신장이라, 언뜻 들으면 어려우면서도 상당히 쉬운 과제가 걸렸군.'

아마 다른 사람들은 신강님이라는 인물이 유비튼 투자신탁을 인수 합병하려는 것을 까마득히 모르고 있을 것이다.

그래서인지 이곳저곳에선 득의에 찬 미소들이 피어나고 있었다.

특히나 권민욱은 유하가 무리한 과제를 뽑아 든 것에 대한 기쁨을 감추지 못했다.

"하하, 외국물은 드셔봤나 모르겠군. 신강남 회장님, 한국 건달과 마피아가 싸우면 누가 이깁니까? 총과 칼인데."

"오오, 그것 참 흥미롭군!"

유하는 이죽거리는 그의 면전으로 저벅저벅 걸어가더니, 이내 그의 앞에 얼굴을 들이밀었다.

스윽—

"어, 어어⋯⋯."

"칼이 이기는지 총이 이기는지 궁금하다고 했습니까?"

"그, 그, 그건⋯⋯."

"그게 궁금하다면 지금 당장 총을 꺼내보세요. 그럼 내가 알려주겠습니다. 내 칼이 당신의 모가지를 먼저 딸지, 당신의 총이 내 머리를 뚫어버릴지 말입니다."

"⋯⋯."

유하의 광기어린 표정에 식겁한 그는 이내 입을 닫아버렸고, 유하는 다른 이사진들에게 깊이 고개를 숙인다.

"죄송합니다. 이 사람이 괜한 소리를 해서 제가 좀 경거망동했습니다. 이해해 주시지요."

"험험, 젊은 사람들끼리 그럴 수 있지! 암암⋯⋯."

"그러게 말입니다."

"그렇게 이해해 주시니, 제가 뭐라 감사의 말씀을 드려야 할지 모르겠군요."

이윽고 자리로 돌아온 유하에게 김태산 회장이 슬그머니 미소를 짓는다.

"자네가 하는 행동들을 보고 있노라면 내 심장이 다 뚫리는 기분이란 말이야. 아주 통쾌해!"

"별말씀을요. 조만간 저 권가 놈을 잡아다 아주 물고기 대가리를 만들어 버리겠습니다."

"후후, 부디 그래 주게."

김태산 회장은 권민욱이 민아를 건드렸을 때부터 이미 그에 대한 감정이 상당히 좋지 않았다.

아니, 좋지 않은 정도가 아니라 할 수만 있다면 그에게 피의 복수를 해주고 싶다고 생각해왔던 찰나였다.

그런 와중에 신강남이라는 주먹계의 거두가 자신의 수중으로 들어왔으니, 이 얼마나 속 시원한 일이겠는가?

그래서인지 몰라도 김태산 회장은 유하를 점점 더 아끼는 것 같았다.

이윽고 사회자는 계속해서 제비뽑기를 진행시킨다.

"그럼 이번에는 권씨 일가에서 선출한 후보인 권민욱 씨가 제비를 뽑겠습니다. 권민욱 씨는 권씨 일가의 장남이자 지분 계승자입니다. 정당한 권리가 있다는 것은 틀림이 없는 사실이지요. 그럼 이제 권민욱 씨께서 제비를 뽑아주시겠습니다."

미리 자리에서 일어나 있던 권민욱이 제비 통으로 걸어가 손을 넣었다.

촤락, 촤락―

그리곤 이내 파란색 공을 뽑아들었다.

"청색 공을 뽑으셨습니다. 그럼 이제 청색 공에 대한 과제를 발표하겠습니다."

권민혁은 김씨 일가와 함께 유력한 회장후보였으니, 사람들은 그가 수행할 과제에 대해 지대한 관심을 가질 수밖에 없었다.

사회자는 그런 그들의 궁금증을 아주 속 시원하게 풀어준다.

"권민혁씨가 수행할 과제는 일본지사 매출신장 2.25% 달성입니다."

"흐음, 나쁘지 않군!"

일본지사는 강성그룹이 가장 먼저 설립한 지사이기 때문에 그 규모가 가장 크다고 할 수 있었다.

때문에 수익률과 매출신장 면에선 단연 독보적인 존재라고 할 수 있었다.

하지만 워낙 규모가 큰 지사이기 때문에 전체적인 매출신장 2.25%는 결코 적은 숫자가 아니었다.

더군다나 지금의 회사는 거의 성장포화상태에 이르러있기

때문에 더 이상의 성장은 어렵다는 것이 사실상 의견이었다.

그런 상황에서 권민혁이 과연 매출신장을 이끌어낼지는 미지수였다.

* * *

회의가 끝난 후, 권민혁은 유하에게 대작을 신청한다.

"신강남 씨, 술 한 잔 어떠십니까?"

"술이요?"

"오늘 후계자들끼리 술자리를 갖기로 했는데 당신이 빠지면 그림이 좀 이상해서 말입니다."

유하는 실소를 흘린다.

"후후, 우리가 어디 피차 얼굴 맞대고 술이나 마실 사이입니까? 그래서 어디 먹을 것이 목구멍으로 넘어가겠어요?"

"…누구는 좋아서 초대하는 줄 아십니까? 내 아버지께서 친히 말씀하신 사안이라 억지로 초대하는 겁니다."

"권 이사님께서 말입니까?"

"그래요. 내가 아버지가 아니라면 당신과 왜 술을 마십니까?"

아무리 권씨 일가와 사이가 좋지 않다고 해도 그는 엄연히 그룹의 어른이기 때문에 그 말을 거역하는 것은 보기에 좋지가 않았다.

하여, 유하는 어쩔 수 없이 술자리에 끼어들 수밖에 없었다.

"좋습니다. 함께 가도록 하시죠."

"후후, 술 좀 마시는 것으로 알고 있는데 얼마나 마십니까?"

"당신보다는 잘 마시니 걱정하지 마십시오."

"하하, 그 배짱, 어디까지 가는지 한번 두고 보겠습니다."

그는 유하에게 강남의 한 고급 술집에 대한 주소를 건넸다.

"강남 일성주점입니다. 아십니까?"

"물론입니다."

"이곳에서 보시죠."

일성주점은 유하의 휘하에 있는 조직들이 운영하는 합법적인 술집으로, 분위기는 상당히 고급이지만 아가씨들의 동석이 없다는 것이 특징이다.

때문에 회식을 갖게 되는 사람들이나 동창모임 등을 갖는 사람들에게 특히나 인기가 많았다.

하지만 그들은 일성주점이 유하의 휘하에 있는 줄은 아직 모르는 모양이었다.

'하긴, 내가 불법업소나 운영하는 줄 알지 일반주점을 운영한다는 것은 꿈에도 모르고 있겠지.'

유하는 주소가 적힌 쪽지를 휴지통에 버려버렸다.

*　　　　*　　　　*

제이든은 미국 켈리포니아의 한 농가에서 한 무리의 사내들과 함께 작당모의를 하고 있었다.

그는 아싸르 그룹의 대주주인 마하라를 납치하기로 계획했고, 그 계획에 대한 계획을 짜내고 있었다.

제이든은 자신이 동원할 수 있는 조직원들을 모조리 확보했고, 그중에서도 납치에 특화된 히트맨들을 추려냈다.

그 숫자는 무려 50명, 아마 어지간한 유명 인사들도 무리 없이 납치할 수 있을 정도로 대단한 인력이라고 할 수 있었다.

제이든은 부하들에게 아싸르 그룹의 대주주인 마하라의 사진을 건네며 말했다.

"이년이다. 이년을 잡아오면 너희들에게 일정한 양의 지분을 나누어주마."

"지분이라면 얼마나……."

"1%씩, 어때?"

"……!"

무려 억 대에 달하는 엄청난 기업들을 인수하는데, 그 기업들의 지분을 1% 나누어준다는 것은 그야말로 횡재나 다름이 없었다.

때문에 지금 히트맨들의 심장은 그 어느 때보다 빨리 뛰고 있었다.

"납치는 어떤 식으로 진행하면 좋겠습니까?"

"뉴델리 현지에서 납치해서 남중국해를 거친다. 그리고 그 이후엔 다시 인천으로 흘러드는 것이지."

"알겠습니다. 납치 방법에 대해선 저희들 마음대로 해도 되겠지요?"

"물론."

히트맨들의 얼굴에는 득의에 찬 미소가 흐르고 있었다.

같은 시각, 이들의 대화를 엿듣는 이들이 있었으니, 바로 연지훈과 지헌수였다.

그들은 자신들이 세운 꼭두각시를 납치할 계획을 세우고 있는 그들을 바라보며 어처구니없는 실소를 흘린다.

"미친놈들, 아주 감옥에 가고 싶어 환장을 한 모양이군."

"아마 돈에 눈이 먼 것이겠지. 하지만 아무리 그래도 저렇게까지 막 나가는 것은 쉽사리 이해를 할 수 없군."

"후후, 돈에 미치면 약도 없다고 하더군. 저놈이 딱 그런 케이스야."

"하긴. 돈은 독기가 세서 함부로 그 맛을 보면 안 된다고들 하더군. 나 역시 그 맛을 보지 못했지만, 그 독기가 세긴 센 모양이야."

두 사람은 그들의 대화를 전부 녹음해서 뉴델리에서부터 움직이는 경로를 지도에 체크했다.

슥삭슥삭—

대략 10분간의 마킹이 끝나고 지도를 확인해 보니 저들의 계획이 두 사람의 머리에 훤히 들어왔다.

"꽤나 단조롭지만 효율성이 뛰어나군. 역시 마피아들은 달라도 다른 건가?"

"그냥 움직이기 편해서 이렇게 짠 것은 아닐까? 저들의 머리가 비상하다는 것은 납득하기 싫군."

"큭큭! 그래, 알겠다. 그냥 게으른 놈들이라고 생각하지."

두 사람은 이제 슬슬 합이 맞아가는 찰나이기 때문에 서로의 의견을 조금씩 접어가며 맞춰주는 단계에 이르렀다.

아마도 이대로 시간이 많이 흐른다면 추후에 두 사람은 환상의 호흡을 자랑하는 최고의 콤비가 될 수도 있을 터였다.

"일단 이 사실을 회장님께 알리자고. 그리고 그 이후에 어떻게 움직일 것인지 알아보자고."

"그래."

이내 그들은 GPS수신기를 계속 켜놓은 상태에서 철수 준비를 서둘렀다.

*　　　*　　　*

유하는 늦은 저녁 일성주점으로 향하는 길목에서 부하들의 전화를 받았다.

"으음, 놈들이 뉴델리에서 우리 측 배우를 납치한다고 했단 말이지?"

—예, 큰형님. 아무래도 놈들이 아주 작정을 한 모양입니다. 돈에 눈이 멀어서 아주 돌아버린 것 같기도 하고요.

"후후, 미친놈들. 아주 머리에 독이 가득 들어차 버렸군."

—어떻게 할까요? 뒤를 캐서 일망타진을 해버릴까요?

"물론이지. 그놈들을 깡그리 잡아 엮어버려야 후환이 없지 않겠어?"

—예, 알겠습니다. 그럼 뉴델리에서 한 번, 남중국해에서 한 번, 인천에서 한 번 치겠습니다.

"그래, 그렇게 하자고. 그들이 일을 벌이는 시간은 언제야?"

—나흘 후입니다. 나흘 후, 뉴델리에서 일을 벌인답니다.

"알겠다. 이틀 후에 미국으로 건너갈 테니 함께 뉴델리로 넘어가자고."

─예, 형님.

이윽고 연지훈은 유하에게 행선지에 대해 물었다.

─그나저나 오늘 회식을 하신다고 하지 않으셨습니까?

"그랬지."

─강남에서 술을 마셔봐야 어차피 우리 구역입니다. 마담
들에게 전화를 돌려놓을까요?

"아니야. 오늘은 그냥 손님으로 가서 마시고 싶어. 어차피
그들에게 힘자랑을 할 것도 아니고."

─흠… 그래도 나중에 마담들이 알면 서운해 할 텐데요?

"어쩔 수 없지. 어차피 나중에 내가 술 한 잔씩 돌리면 되
는 것 아닌가?"

─그건 그렇지요.

"아무튼 준비 잘 하고 있어. 이틀 후에 보자고."

─예, 큰형님.

이윽고 유하는 차를 몰아 일성주점으로 향했다.

제4장
홈 그라운드

　강남 일성주점 앞, 유하는 민아의 손을 잡고 서 있다. 그는 자신의 곁에 선 그녀를 바라보며 넌지시 물었다.

　"괜찮겠어요?"

　"물론이죠. 이젠 당신이 나를 지켜줄 테니까요."

　"그래요. 아무런 걱정 하지 말아요. 저놈은 오늘 내 영역에서 덫에 걸린 쥐 신세가 되었으니."

　만약 오늘 그가 허튼 짓거리를 하게 된다면 뼈도 못 추리는 사태가 벌어질 것이다.

　강남 파의 조직원들은 유하의 한 마디면 그를 바다에 매장시켜 버리는 것쯤은 아무렇지도 않게 할 수 있는 건달들이기 때문이다.

비록 지금은 거의 모든 암흑가 사업에서 손을 털어버렸으나, 여전히 그들은 탄탄한 조직력을 가지고 있다.

아마 유하가 굳이 명령하지 않아도 중간보스들이 알아서 일을 처리해 줄 것이다.

그는 민아와 함께 일성주점 앞을 지키고 서 있던 중간보스 임태성에게 다가갔다.

"태성이, 오랜만이다."

"예, 큰형님! 형수님과 함께 오셨습니까?"

"그래. 요즘 벌이는 좀 어때?"

"덕분에 가게가 아주 잘 돌아갑니다. 전에 있던 아가씨들도 정직원으로 전환시켜 이제는 4대 보험까지 따박따박 들어가고 있으니, 만족하고 있고요."

"다행이구나."

임태성은 그에게 손을 내민다.

"겉옷과 열쇠를 주시죠. 제가 맡겠습니다."

"그래 주겠나?"

"물론이지요. 아무리 그래도 큰형님이 우리 회장님인데 그냥 이렇게 보낼 수 있습니까? 정체를 숨기신다고 해도 암암리에 모시고 싶습니다."

"그래, 고맙다."

이윽고 임태성은 민아의 겉옷도 받아든다.

"형수님, 주십시오. 카운터에서 보관하고 있겠습니다. 혹시나 다른 짐이 있다면 그것도 주시고요."

"그럼 겉옷과 핸드백을 부탁할게요. 듣자 하니 이곳은 원래 룸살롱이었던 곳이라 화장실에 어지간한 것이 다 있다고 하더군요."

"예, 맞습니다. 맨손으로 가셔도 무관합니다."

임태성은 그녀에게 핸드백을 받는 대신 무릎 담요와 소형 쿠션을 건넸다.

"자리가 편하긴 한데 무릎은 덮으셔야 할 겁니다."

"고마워요."

두 사람을 살뜰히 챙긴 임태성은 직접 두 사람을 데리고 술집 안쪽으로 향한다.

임태성은 최근에 리모델링을 끝낸 술집에 대한 보고도 올릴 겸 유하를 수행하기로 한 것이다.

"외벽은 다 뜯어내고 새로 디자인했습니다. 아시다시피 이곳은 원래 비즈니스 클럽이라서 분위기가 좀 야시시하지 않았습니까?"

"으음, 그래. 확실히 분위기가 확 바뀌긴 했군."

원래 이곳은 남자들을 위한 공간이었기 때문에 여자들을

배려하는 구석이 전혀 없었다.

때문에 임태성은 자신이 이곳을 맡자마자 내부를 전부 다 뜯어버리고 다시 개조해서 조금 더 가족적인 분위기를 만들어냈다.

하지만 그러면서도 고급 술집 특유의 분위기를 잃지 않기 위해 벽을 모두 최고급 거울로 채웠고, 바닥과 천장은 은은한 조명이 들어오는 클럽 분위기를 자아냈다.

그러니까 한마디로 이곳은 가족적인 분위임과 동시에 모던하고 신나게 술을 즐길 수 있는 곳으로 변모한 것이다.

유하는 임태성의 어깨를 두드리며 말했다.

"잘 했다. 이러니 매출이 잘 나오지. 충분한 구매력이 생겼어."

"감사합니다!"

"지금 네 직급이 뭐지?"

"차장입니다."

"부장으로 한 단계 올리자. 성과를 올렸으니 당연히 진급해야지. 이 정도 성과면 충분하겠어."

"그, 그래도 되겠습니까?"

"물론이지. 부장은 허리 라인이야. 네가 그 허리를 단단히 채워줘."

"열심히 하겠습니다!"

"하하, 그래, 그래."

이윽고 유하는 임태성이 마련한 특실의 앞에 선다.

"여깁니다. VIP룸 중에서도 가장 최고급입니다. 인테리어를 검토하시는 셈 치고 술자리를 즐기십시오."

"그래, 알겠다."

유하를 안내한 임태성은 그에게 작은 벨을 건넸다.

"혹시 무슨 일이 생기시면 이것을 누르십시오. 저와 직접 연결됩니다."

"으음, VIP시스템을 조금 개조했군?"

"여긴 강남 사모님들이 워낙 자주 드나들어서 이런 시스템쯤은 갖추어야 한다고 생각했습니다."

"후후, 그래. 네가 확실히 수완이 있구나."

"감사합니다. 형님!"

"아무튼 고맙다. 잘 놀게."

"예, 그럼 좋은 시간 되십시오."

임태성은 이제 자취를 감추어버렸고, 유하는 민아의 손을 잡고 VIP룸으로 들어섰다.

그러자, 최신형 클럽 디제잉 장비들과 개별 바가 설치된 VIP룸이 그 모습을 드러낸다.

유하는 속으로 그 광경을 바라보며 흡족한 미소를 짓는다.

'확실히 놀아본 놈이 놀 줄 안다고, 태성이는 역시 술장사

에 특화가 된 놈이군.'

누가 도대체 이렇게 편안하면서도 놀기 좋은 분위기를 연출할 수 있을까?

유하는 각자 수뇌부들에게 사업을 맡기고 그 진행 사항만 보고받기를 아주 잘했다고 생각했다.

이곳저곳을 유심히 둘러보며 입장한 그에게 권민혁이 다가왔다.

"어이쿠, 신 회장님 오셨군."

"내가 조금 늦었습니까?"

"아니, 뭐 딱히 그런 것은 아닙니다."

권민혁은 유하의 손을 잡은 그녀를 바라보며 음흉하게 웃는다.

"왔어?"

"…잘 지냈어요?"

"그래. 너는 여전히 아름답군. 요즘도 잘 지내?"

"덕분에요."

"하긴, 저렇게 혈기왕성한 젊은 남자와 함께 다니니 힘이 나기도 하겠지."

유하는 쓸데없는 소리를 지껄이는 그를 살짝 밀어낸다.

"주둥이 그만 놀리고 가만히 앉으시죠. 이곳에서 직접 관을 짜기 싫으면 말입니다."

"어이쿠, 무서워! 그래, 그렇게 하도록 하지."

어쩐지 오늘따라 더 까부는 것 같은 그의 태도가 조금 의아했으나, 유하는 그러려니 하고 그냥 넘겼다.

이윽고 그는 한 무리의 남녀가 모여 있는 테이블로 유하를 안내했다.

"이쪽으로 오세요. 한 잔 해야죠."

"그럽시다."

그는 후계자들이 모인 곳에 유하를 데리고 한 후, 그에 대해 소개한다.

"자자, 주목! 다들 아시겠지만, 이분께서 바로 이 근방을 주름잡고 있는 신강남 회장님입니다!"

"아아, 잘 알지요! 신강남 회장님! 한 잔 받으세요!"

유하는 그들의 잔을 차례대로 받는다.

"반갑습니다. 정식으로 인사하죠. 신강남입니다."

"자자, 받아요!"

쪼르르르—

그는 알코올 함량 40도가 넘는 독주를 큰 잔에 차례대로 따르는 그들을 바라보며 속으로 실소한다.

'아아, 그래. 나를 이 자리에서 보내버리겠다는 심산이군. 후후, 오늘 아주 다 죽어봐라.'

유하는 무려 15잔이나 되는 술을 큰 컵에 다 담아냈다.

"어어, 무리하지 말아요……."

"괜찮아요. 내가 누굽니까? 신강남입니다."

"하지만……."

그는 자신을 걱정하는 민아를 뒤로 한 채 벌컥벌컥 술잔을 들이켰다.

꿀꺽, 꿀꺽!

거침없이 술잔을 다 비워내는 유하, 그런 그를 바라보며 후계자들은 득의에 찬 미소를 짓는다.

"이야, 잘 마신다! 역시 그릇이 큰 사람은 달라도 다르군!"

"자자, 한 잔 더 마십시다! 우리 신 회장님은 소문난 주당이라고 하지 않았습니까?"

"뭐, 그럽시다."

유하는 그들의 잔을 한 번 더 받은 후, 그것을 모조리 흡입해버렸다.

꿀꺽!

"크흐! 좋다!"

"괘, 괜찮아요?"

"뭐, 이 정도를 가지고."

이윽고 유하는 테이블에 달려 있던 벨을 눌렀다.

딩동!

"모자란 것이 있으신가요?"

"아아, 잠시만 기다려보십시오."

그는 고개를 갸웃거리는 그들을 뒤로한 채 웨이터를 통해 뭔가를 주문한다.

"여기 커다란 양동이 하나랑 국자 하나 깨끗이 씻어서 가져다 줘요. 그리고 인원수대로 세숫대야도 하나씩 가져다주시고요."

"예, 회장… 아니, 손님. 그런데 그것은 왜…….."

"그냥 좀 놀고 싶어서요."

유하에게 실수를 할 뻔한 조직원은 이내 고개를 숙인다.

"알겠습니다. 금방 가져다 드리겠습니다."

일행은 과연 유하가 무슨 짓을 할까 궁금해 멀뚱멀뚱 눈만 끔뻑이고 있었는데, 권민혁은 특히나 그의 행동에 의아함을 느낀다.

"양동이는 도대체 무엇에 쓰려고 그러십니까?"

"원래 축하주는 이렇게 마시는 것이라는 것을 알려드리기 위해서죠."

"……?"

이윽고 VIP룸의 문이 열리며 웨이터가 커다란 양동이 하나와 국자를 가져다 놓는다.

"여기 있습니다."

"고마워요."

유하는 그의 주머니에 슬그머니 10만 원짜리 수표 몇 장을 넣어주었고, 웨이터로 위장한 조직원은 꾸벅 고개를 숙인다.

"감사합니다!"

"그래요, 나가서 일 봐요."

"예!"

엄연히 따지면 이 사람도 유하의 동생인데 심부름을 시켜 마음이 좋을 리가 없었던 유하다.

그런 그의 마음을 잘 알기에 그는 아무런 말없이 돈을 받은 것이다.

그리고 그 역시 유하가 큰형님이기 때문에 용돈을 받는 일은 어쩌면 당연한 일이었다.

강남그룹은 전체가 임직원임과 동시에 조직 관계로 엮인 사이였던 것이다.

유하는 그가 가져다 준 양동이에 다짜고짜 술을 들이붓기 시작했다.

콸콸콸―

"뭐, 뭐하는 겁니까?"

"보아하니 술을 다들 잘 하시는 것 같은데, 언제 한 잔씩 마시고 있습니까? 감질나서 어디 술이나 마시겠어요?"

"……."

아마도 이들은 유하를 술로 눌러버리려 했겠지만, 그것은 어림 반 푼어치도 없는 소리였다.

유하는 술이 몸에 들어오는 족족 알코올을 분해할 수 있기 때문에 아무리 술이 독해도 그의 입장에선 그냥 달짝지근한 물일 뿐이었다.

그러니까, 그는 그저 화장실을 조금 더 자주 가게 될 뿐 아무런 문제가 없을 것이었다.

하지만 그들의 입장은 조금 달랐다.

"자, 이게 바로 드라큘라라는 술입니다. 마시는 방법이 조금 특이하죠. 다들 아십니까?"

"…알긴 알죠."

"그래요, 그럼 잘 되었군요. 자자, 다들 한 잔씩 받으세요!"

유하는 그들의 앞에 놓인 세숫대야에 차례대로 술을 붓기 시작한다.

좌라라라라락!

"어이쿠, 무거워! 술이 하도 많아서 팔이 다 아프네!"

"이, 이걸 도대체 어떻게 마시라는 겁니까?! 말이 됩니까?!"

"에이, 왜 말이 안 됩니까? 아까 전, 당신들도 나에게 술을 돌리지 않았습니까? 그래서 보답하는 것인데, 싫습니까? 싫으면 포기하시던가요."

"……."

후계자들에겐 술자리 역시 경합의 한 장이기 때문에 결코 물러설 수 있는 곳이 없었다.

때문에 그들은 반갑다는 척 유하에게 술을 먹여 분위기를 조금 반전시키려던 것이었다.

하지만 그것은 오히려 역효과를 낳아 유하의 심기를 건드리는 일이 되어버렸다.

그는 인원들에게 모두 술을 돌리고 자신의 앞에 남은 양동이를 통째로 들어올렸다.

"자, 원 샷입니다! 포기하는 사람은 루저, 오늘 술값을 계산하세요!"

"젠장……!"

"마시고 죽자!"

유하가 먼저 양동이에 얼굴을 묻어버리고 난 후, 그들은 하는 수 없이 세숫대야에 담긴 술을 벌컥벌컥 들이키기 시작한다.

꿀꺽, 꿀꺽!

"크하! 좋다!"

단 10초 만에 양동이에 남아 있던 술을 다 비워버린 유하는 아직까지 술을 털고 있는 그들에게 외쳤다.

"뭐하는 겁니까? 술이 줄 생각을 하지 않고 있잖습니까?"

"쿨럭, 쿨럭!"

결국 그들은 유하가 준 술을 절반도 못 마시고 내려놓고 말았다.

"허억, 허억……."

"이런, 이렇게 단체로 약골이라서 어쩝니까? 이래서 기업이 제대로 돌아가겠어요?"

"…괴, 괴물!"

"하하, 괴물이라니요? 원래 술은 이렇게 마시는 겁니다."

이윽고 유하는 다시 벨을 누른다.

딩동!

"예, 사장님."

"여기 술 좀 더 가져다 줘요. 바에 있는 술을 다 마셔버렸네요."

"그, 그걸 다 드셨다고요?!"

"왜요, 그게 놀랄 일입니까?"

유하의 부하는 고개를 가로저었다.

"뭐, 그럴 수도 있죠. 아무튼 같은 것으로 다시 세팅해 드리겠습니다. 잠시만 기다려주십시오."

"그래요, 부탁 좀 할게요."

종업원이 밖으로 나가자, 이제 슬슬 취기가 올라오기 시작한 후계자들이 하나둘 비틀거리기 시작한다.

"딸국! 그래, 마시고 죽자!"

"하하하! 그래요, 남자라면 무릇 그래야지요."

"……."

사람이 너무 독한 술을 한꺼번에 많이 마시게 되면 기절하거나 인사불성이 되고 만다.

만약 유하가 이대로 술을 조금만 더 먹이게 될 경우엔 필시 응급실로 실려가 위세척을 받아야 할 것이다.

잘못하면 사람이 죽을 수도 있는 일이지만 유하가 곁에 있다면 죽지는 않을 것이다.

다만, 앞으로 그들은 유하의 앞에서 술로 주름을 잡을 수 없는 입장이 될 뿐이다.

"유하 씨, 그만하는 것이……."

"괜찮습니다. 죽을 것 같으면 자신들이 알아서 멈추겠지요."

"내가 보기엔 다들 정상이 아닌 것 같은데요?"

민아는 걱정스러운 표정으로 일행들을 바라보았으나, 유하의 입장은 그게 아니었다.

'오늘이야말로 너희들의 기를 단번에 꺾어주마.'

그가 굳이 이렇게 유치한 술자리에 끼어든 것은 이들의 기를 눌러버려 경합을 자신에게 유리하게 이끌어 나가려는 것이었다.

한낮 술자리 하나가 경합의 판도를 뒤집을 수 있는 것은 아니었지만 기선을 제압한다는 의미에서 본다면 충분히 가치가 있었다.

때문에 유하는 조금 유치하지만 이런 일을 벌였던 것이다.

"자자, 조금 더 마셔요!"

"으윽, 더 이상은……."

유하는 득의에 찬 미소를 짓는다.

'이것으로 선취점은 내 것이 되었군.'

이제 그는 앞으로 벌어질 경합에서 조금 더 좋은 위치를 선점하게 되었다.

*   *   *

그날 새벽, 술에 취한 권민준이 인사불성이 되어 난장판을 벌이고 있다.

쾅쾅쾅!

"우헤헤헤! 어이, 아가씨 좀 데려와 봐!"

"손님, 이러시면 곤란합니다. 저희들은 유흥업소를 운영하는 사람들이 아닙니다."

"장난하나! 이런 술집에 어떻게 아가씨가 없다는 거야?"

권민준이 인사불성이 되자, 그의 약혼녀는 기가 차다는 듯이 고개를 가로저었다.

"술버릇이 좋지 않다는 것을 알고는 있었지만, 이 정도인 줄은 꿈에도 몰랐어!"

"…여자가 어디서 남자에게 소리를 지르고 난리야? 너희 집안에서 그렇게 가르쳤어!"

"뭐가 어째요?"

그녀는 얼굴이 새빨개진 그의 뺨에 따귀를 올려붙였다.

짜악!

"으헉!"

"이런 망나니 같으니! 당신과의 결혼은 없었던 것으로 하겠어요!"

"이봐! 저런 빌어먹을 년이?"

권민준의 약혼녀 정주희는 미스코리아 출신으로, 그녀의 집안은 무려 재계 5순위의 한성그룹이었다.

한성그룹은 제약과 식품, 전자 등으로 이뤄진 초일류 기업 집단이다.

만약 권민준이 이번 경합에 나선다면 물심양면으로 그를 밀어주어 회장에 앉혀줄 열쇠나 마찬가지였다.

물론, 두 사람은 철저하게 정략으로 묶인 사이였기 때문에 둘 사이엔 사랑이나 믿음이라는 감정이 전혀 없었다.

오로지 그를 회장에 올린다는 일념하에 집안에선 두 사람을 정혼자로 맺어주었던 것이다.

만약 지금과 같이 정주희가 그를 밀어낸다면 당연히 집안에선 이 결혼을 파혼하고 다른 혼사를 알아볼 터였다.

그러니까, 지금 권민준은 자신에게 스스로 굴러들어 온 호박을 발로 차버리다 못해 짓이겨버린 것이었다.

아마 내일쯤이면 권씨 일가가 발칵 뒤집혀 권민준을 후계자 자리에서 밀어낸다고 난리를 칠지도 모를 일이었다.

하지만 그러거나 말거나 권민준은 이미 고주망태가 되어 술집 안을 휘젓고 다니고 있었다.

"여자 데려와! 이런 빌어먹을 새끼들아!"

"…아주 단단히 취했군. 도대체 뭘 어떻게 쳐 마셔야 일이 이렇게 되는 거지?"

"이 개새끼들아! 여자 데리고 오라고!"

멀리서 이 모습을 지켜보고 있던 유하가 임태성에게 말했다.

"저놈을 어떻게 처리할 건가?"

"당연히 경찰에 신고를 해야지요. 어휴 저놈, 도대체 술을 얼마나 먹은 겁니까?"

유하는 그의 질문에 어깨를 으쓱거린다.

"그냥 내가 마시던 양에 1/10쯤? 술이 무진장 약하더라고."

"약골이군요……."

임태성은 이내 경찰서로 전화를 걸기 위해 수화기를 들었다.

하지만 유하는 그가 전화를 걸기 전에 일단 그를 만류하여 시간을 벌기로 한다.

"잠깐, 조금만 기다려."

"예? 하지만 저대로 냅뒀다간 다른 손님들에게 피해가 갈 겁니다만?"

"괜찮아. 아주 잠깐이면 된다."

이리저리 비틀거리면서 주정을 부리는 그를 바라보며 상당히 골이 깊은 인상을 찌푸린 임태성이었다.

하지만 유하의 명령은 절대적인 것이니 거역할 수는 없었다.

"알겠습니다. 그렇다면 저놈을 어떻게 처리하면 되겠습니까?"

"일단 조금만 기다려보자고. 그러다가 심각한 사고를 치면 경찰에 넘겨버려. 그전에 경찰에 넘겼다간 그냥 훈방으로 풀려날 거야."

"흠, 뭔가 큰형님과 이해관계가 있는 모양이지요?"

유하는 그에게 아주 짧게 사정을 설명한다.

"저놈은 나와 적대 관계에 있다. 내가 예비처가에서 치르고 있는 경합에 참여했지. 더군다나 내 아내가 될 사람을 기만하고 겁탈하려던 놈이다. 이대로 그냥 보낼 수는 없어.”

“…개자식이군요. 저런 놈은 아주 본때를 보여줘야 합니다.”

“좋은 생각이 있나?”

그는 슬그머니 음흉한 미소를 짓는다.

“흐흐, 예전에 조직의 수뇌부 중에 한 명이 스스로 자진 퇴출한 적이 있습니다. 특이하게도 다른 사람들 모두 그가 조직을 나가는 것이 당연하다고 생각했지요.”

“조직을 나가는 것이 당연하다라… 엄청난 스캔들이 터졌었나?”

“그는 술에 취해 남자를 성추행했습니다. 더군다나 그것으로 모자라 그 남자에 대한 강간 미수죄가 성립될 뻔했지요.”

“나, 남자가 남자를?”

“우리 세계에선 절대로 통용될 수 없는 문제 아닙니까? 게이가 수뇌부로 있다… 거의 이 바닥 생활을 접을 수밖에 없다고 봐야 했습니다.”

“그래서 자진 퇴출을 선택했던 것이군.”

“불명예스럽긴 합니다만, 은퇴가 아니라 퇴출을 선택한 것은 그에게 있어 생명과도 같은 일이었습니다. 지금은 남자기피증이 생겨 간호학교 수위로 들어갔다고 하더군요.”

“흠… 그래?”

"아무튼 저놈도 똑같은 꼴을 당해봐야 정신을 차릴 겁니다. 어디 건드릴 사람이 없어서……."

유하는 그에게 모든 것을 일임했다.

"좋아, 그럼 나는 이만 가볼 테니 네가 알아서 좀 해줘."

"염려 마십시오. 아주 요단강을 보내버릴 테니까요."

"후후, 그래. 고맙다."

"살펴 가십시오!"

이윽고 유하는 민아와 함께 술집을 나섰다.

*　　　*　　　*

어슴푸레 떨어져 내리는 조명들,

권민준은 이 조명이 어쩐지 낯설지 않다고 느낀다.

"하하, 하하하!"

아마도 이 조명은 그가 자주 드나드는 유흥주점의 불빛일 것이고, 지금 그는 여자들 사이에서 행복하게 술을 마시고 있을 터였다.

그는 평소의 습관대로 자신의 곁에 앉아 있을 여자를 찾는다.

"어이, 술 좀 따라봐!"

"네, 사장님!"

긴 생머리에 잘록한 허리, 거기에 순백색 피부는 권민준의 눈을 뒤도 돌아가게 만들어버렸다.

"흐흐! 딱 내 스타일이군! 이리 와 봐!"

"왜, 왜 이러세요?"

"왜 이러긴? 너도 돈 벌고 싶어서 여기 나온 것 아니야?"

"그렇긴 하지만 이건 좀……."

"쑵! 이리 오지 못해!"

어쩐지 그녀는 권민준의 손길을 자꾸만 피하고 있었지만, 자리를 뜨거나 억지로 손을 밀어내지는 못하고 있었다.

아마도 그녀는 이런 술집에서 처음 일하는 것이고 남자의 손을 타본 적이 없어서 부끄러워하는 것 같았다.

"왜? 남자는 처음이야?!"

"…당연하죠."

"남자 경험이 처음이라니! 흐흐, 더 잘되었군!"

"……."

그녀는 애써 자신의 짧은 반바지를 손으로 가렸지만, 그는 아랑곳하지 않고 계속해 손을 집어넣었다.

"흐흐, 흐흐! 다리가 참 곱군!"

"저, 정말 왜 이러시는 건데요?! 자꾸 이러면 경찰에 신고할 거예요!"

"신고? 신고는 무슨, 알 거 다 알면서 왜 이래? 이리 안 와?"

급기야 그는 그녀의 팔과 다리를 억지로 붙잡아 테이블 위로 올려버렸고, 그 위에 올려져 있던 집기가 아래로 떨어져 내렸다.

쨍그랑!

"사, 살려주세요! 누구 없어요?"

"흐흐! 이리와! 이 오빠가 아주 홍콩으로 보내줄게!"

"흑흑! 살려주세요! 제발 좀 살려주세요!"

바지가 반쯤 벗겨진 그녀는 발버둥을 치며 소리를 질렀지만, 워낙 시끄러운 유흥주점 안이라 듣는 사람이 아무도 없는 것 같았다.

그는 상대방이 괴로워하거나 말거나 자신의 욕정을 채우기 위해 강하게 그녀를 밀어붙였다.

"으음, 으음! 좋군! 그래, 이것 봐! 너도 좋아서 흥분했잖아?"

"흑흑! 왜 이러세요! 정말 정신이 어떻게 되신 건가요?"

"그래! 나 오늘 너에게 미쳤다! 넌 오늘 나와 만리장성을 쌓게 되어 있어!"

권민준은 그녀의 아랫도리에 손을 넣고 한껏 부풀어 오른 자신의 물건을 꺼내려 몸을 꼼지락거렸다.

"크흐흐! 조금만 기다려! 내가 이 순간을 위해 수술까지 한 사람이야!"

"허, 허억!"

그의 엄청난 물건이 내뿜는 위용에 압도되어 버린 그녀는 입을 떡 벌린 채 아무런 말도 하지 못했다.

그러자, 그는 더욱더 흥분해서 그녀를 공략하기 시작한다.

"흐흐!"

"사, 살려주세요! 제발 좀 살려주세요!"

이제 거의 거사가 이뤄질 것이었고, 그는 오늘 아주 황홀한 밤을 보낼 것이었다.

하지만 그 계획은 한 무리의 사내들에 의해 수포로 돌아가고 만다.

쾅!

"이, 이런 미친 새끼!"

"흑흑! 형님! 저 좀 살려주십시오! 이 미친놈이 지금……."

"개 또라이 같은 새끼!"

사내들은 한창 그녀를 공략하고 있던 권민준을 발로 펑 차 버렸다.

퍽!

"크옥! 이런 개자식들! 이게 지금 뭐하는 짓이냐!"

"뭐하는 짓이긴, 이 새끼가 정말 돌았나! 왜 멀쩡한 웨이터는 덮치고 지랄이야? 남자가 좋으면 게이 바를 가지 왜 멀쩡한 술집을 찾아왔어? 이 새끼가 정말!"

"이 미친놈이 지금 뭐라는 거야?"

그는 자신을 구타하는 그들이 아마 돈 때문에 이런 일을 벌이고 있다고 생각했다.

"하하, 그래! 돈이 좀 모자랐나? 옜다! 돈 가져라!"

"…아주 중증이군! 안 되겠다! 경찰 불러!"

"흥! 그래, 불러라! 어차피 이런 업소들이야 다들 불법으로 영업하는 거 아니야? 그래, 불러!"

"옳거니, 그래, 너 오늘 아주 제대로 걸렸어!"

이윽고 그들은 경찰서로 전화를 걸었고, 권민준은 여전히 돈을 뿌리며 그녀를 갈구한다.

"이리 안 와?"

"으, 으으으!"

*   *   *

다음 날, 권민준은 경찰서 유치장 안에서 눈을 떴다.

"으으음……."

전날 너무 과음을 한 나머지 아직도 술이 덜 깬 그는 가까스로 정신을 차렸다.

"여기가 도대체 어디야?"

차가운 마룻바닥에 쪼그려 앉아 잠을 청했더니 허리고 아프고 어깨도 미친 듯이 아려왔다.

아무래도 뭔가 크게 잘못된 것이 아닌가 싶은 권민준이다.

"뭐야? 뭐야 어떻게 된 거야?"

잠시 후, 그를 향해 한 남자가 상태를 살핀다.

"이봐요, 괜찮아요?"

"누구십니까?"

"누구긴요, 경찰이죠."

"경찰이요? 경찰이 왜……."

그는 고개를 갸웃거린다.

"어휴… 아주 제대로 맛이 가셨군! 어제의 일이 정말 하나도 기억나지 않습니까?"

"어제 일이요? 그게 무슨 소리입니까?"

"당신 어제 성추행 및 강간 미수로 잡혀왔어요! 알아요?"

"가, 강간 미수?!"

"그래요! 강간!"

"허, 허억! 그럴 리가 없는데… 난 어제 분명히 술집에서……."

"그래, 술집! 그 술집에서 일하는 종업원을 상대로 음란 행위를 하고 그것으로 모자라 항문 성교를 하려 들었단 말입니다!"

"하, 항문 성교? 내가 왜 그런 짓을……."

"그걸 모르니까 일단 경찰서에 잡아둔 것이죠. 이봐요, 도 대체 왜 그런 겁니까? 알 만한 양반이 왜 남자를 겁탈하려 한 거냐고요."

순간, 그는 화들짝 놀라 되물었다.

"뭐, 뭐가 어째요? 뭘 어쨌다고요?"

"남자를 겁탈하려 했다고요! 귀가 멀었습니까?"

"……."

그는 지금 이 상황이 전혀 이해가 가지 않았다. 도대체 자 신이 뭐가 아쉬워서 남자를 추행하고 성교까지 하려 했단 말 인가?

"뭐, 뭔가 잘못된 겁니다! 나는 약혼녀가 있는 사람이란 말 입니다!"

"아아, 그래요? 하지만 그녀는 당신의 약혼녀가 아니라고 하던데요?"

"그, 그게 무슨 말도 안 되는 소리입니까? 내가 비록 이혼 남에 나이가 좀 많아도 그녀는 분명 정략으로 묶인 엄연한 약 혼녀란 말입니다!"

"그거야 당신 생각이고요. 들어보니 어제 바로 파혼했다고 하더군요. 강남의 한 주점 안에서 말입니다."

"…마, 말도 안 돼!"

아무리 여자가 궁해도 정기적으로 동침하는 사이였던 약

혼녀가 있는데 굳이 남자를 겁탈하려 했을 권민준이 아니었다.

'이건 뭔가 잘못 되어도 크게 잘못된 것이다! 내가 왜 남자를!'

그는 일단 묵비권을 행사하기로 했다.

"나, 나는 잘못이 없습니다! 나는 모르는 일이라고요!"

"아하, 그래요? 뭐, 그거야 나중에 삼자대면을 해보면 알 일이고요."

권민준은 이내 자신의 고문 변호사에게 전화를 걸었다.

제5장
어부지리

　서울 강남경찰서 형사계, 오늘은 아주 특별한 사건으로 인해 경찰서 안이 술렁이고 있었다.

　그것은 바로 남자가 남자를 강간하려 했다는 믿을 수 없는 이야기였다.

　피해자는 올해로 스무 살이 된 청년이었고, 피의자는 다름 아닌 권민준이었다.

　청년의 주장에 의하면 어제 새벽녘에 얼큰하게 술에 취한 권민준이 자신을 억지로 범하려 바지까지 벗겼다는 것이었다.

만약 이 사실을 그 혼자서만 알고 있었다면 큰 문제가 아니었으나, 문제는 가게에서 일하던 남자들 네 명이 모두 이 사실을 목격했다는 점이었다.

더군다나 그가 청년을 겁간하려던 장면이 복도 CCTV에 고스란히 찍혀 발뺌도 할 수 없는 상황이었다.

권민준은 아직도 자신을 바라보며 경멸과 공포로 가득 찬 표정을 짓는 한 남자의 앞에 섰다.

"개새끼! 빌어먹을 새끼! 내가 아무리 술집에서 굴러먹는 놈이라곤 해도 엄연히 남자야! 흑흑!"

"……."

그는 긴 생머리에 호리호리한 체구를 가지고 있었는데, 만약 권민준이 힘으로 제압한다면 충분히 제압이 가능할 것 같았다.

권민준은 그를 바라보며 고개를 갸웃거린다.

"네가 어제 나와 함께 있었다고?"

"함께 있었다니! 난 그냥 네가 앉아서 술 한 잔 따르라기에 그냥 자리에 앉은 것뿐이야!"

"…그런 말도 안 되는 일이 다 있나?"

형사는 경찰서 책상 앞에 마주앉은 두 사람을 바라보며 물었다.

"누구의 말이 사실입니까? 권민준 씨예요, 정희성 씨예요?"

"CCTV를 보고도 못 믿으십니까?! 이 미친놈이 저를 덮쳤다고요! 심지어 저는 바지까지 벗겨져서⋯⋯!"

"⋯그렇군요."

정상적인 성적 관념을 가진 사람이라면 남자가 남자의 바지를 벗기는 장면 따위 상상하고 싶지 않을 것이다.

형사는 이 부분에 대해서는 조금 빨리 넘어가려 애쓰고 있는 것 같았다.

"험험! 아무튼 범죄 현장에 객관적인 증거들이 아주 많이 남아 있었고 목격자도 있습니다. 권민준 씨, 이에 대해 설명해 주시죠."

"그건⋯⋯."

"자신이 느낀 그대로를 말씀하시면 됩니다. 여긴 법정이 아니거든요. 물론, 여기서 말을 잘못하면 감옥에 들어가겠지만요."

"⋯⋯."

도무지 아무런 기억도 없는 권민준으로선 자신을 방어할 수 있는 수단이 아무것도 없었다.

이럴 땐 그냥 묵비권을 행사하다 변호사가 오면 입을 여는 것이 상책이었다.

하지만 사건의 전말을 모두 다 알고 나니 고문 변호사를 불러들이는 것이 불가능해졌다.

만약 이 사건이 회사에 알려지게 되면 그는 즉시 후계자 자리에서 물러나야 했기 때문이다.

'진퇴양난이다! 도대체 내가 왜 이렇게 사면초가에 몰리게 된 것이지?'

사업에는 그런대로 재능이 있었던 권민준이지만 법에 대해선 거의 문외한이나 다름이 없는 그가 지금 이 자리를 벗어날 수 있을 가능성은 전혀 없어 보인다.

형사는 진술조차 거부하는 그에게 말했다.

"정말 이러실 겁니까? 범행을 인정하면 그렇다고 말씀하시고 그게 아니라면 부정을 하세요. 뭐라도 말을 좀 하시란 말입니다."

"…그, 그건……."

"자꾸 이렇게 묵비권을 행사하시다간 남자를 강간했다는 죄목으로 전자발찌를 찰 수도 있다고요."

"……."

"만약 직접 입을 열기 싫으시다면 지금이라도 변호사를 선임하시던가요."

"그건 안 됩니다."

"그럼 저희들더러 뭘 어쩌라는 겁니까? 조서는 어떻게 꾸며요?"

"시간을 조금만 더 주세요. 생각할 시간을……."

"생각은 무슨! 지금 조서를 꾸미기 시작한지 다섯 시간이 넘게 지났단 말입니다! 무슨 시간이 더 필요해요?"

"하지만 정말 아무것도 생각이 나지 않는단 말입니다. 정말입니다."

"후우… 좋아요. 그럼 술에 취해 인사불성이 되었다 치고, 그럼 그전에는 어디까지 기억이 나는지 말씀해보세요."

그는 어제의 일을 천천히 되짚어본다.

"그러니까… 약혼녀와 함께 회사 모임에 나갔다가 술을 엄청 퍼마셨습니다."

"회사 모임이면 동료들 말입니까?"

"아니요, 회사 내부 경합이 있었습니다. 그 경합 상대들과……"

순간, 그는 자신이 술로 짓눌러 버리려던 유하의 얼굴을 떠올린다.

"이봐요, 끝까지 말을 하세요. 상대들과 뭐요?"

"…술을 마셨습니다. 그것도 엄청나게요."

"그런 이후엔 아예 기억이 없다?"

"그런 셈이지요."

"이것 참, 난감하군."

"저야말로……"

아마 혀를 깨물고 죽고 싶다는 말은 이럴 때 쓰라고 있는 말인 모양이었다.

바로 그때, 경찰서의 문을 열고 한 남자가 달려 들어왔다.

"권 이사님!"

"허, 허억!"

그의 앞에 모습을 드러낸 사람은 다름 아닌 유하였다.

"이게 지금 무슨 상황입니까? 남자가 남자를 강간하다니요? 그런 죄목도 있습니까?"

"아무리 남자라곤 해도 일단 강간은 강간입니다. 성기를 사용하지는 않았습니다만, 항문을 이용하려는 것도 엄연히 강간이거든요."

"남남 사이에서도 그런 법률이 적용됩니까?"

"뭐, 자세한 것은 법원을 가 봐야 알겠지요."

권민준은 자신을 찾아온 유하를 바라보며 오만상을 다 찌푸린다.

"당신이 왜 이곳에 온 겁니까? 회사에선 아무도 모를 텐데……."

"회사에서 당신의 위치를 수소문하다 경찰서에 있다는 사실을 알아냈습니다. 사람이 없어졌는데 가만히 있을 우리들이 아니잖습니까?"

"……."

권민준은 자신의 인생이 통째로 무너져 내리는 기분에 휩

싸이고 만다.

'끝이구나…….'

고개를 푹 숙인 권민준이 이내 경찰에게 말했다.

"…변호사를 부르겠습니다. 제 고문 변호사가 곧 올 겁니다."

"그래요, 잘 생각했습니다. 지금 당신 혼자 머리를 싸매봐야 풀릴 일이 아니에요."

"고맙습니다…….."

이윽고 그는 전화기를 들어 고문 변호사를 호출했다.

＊　　　＊　　　＊

권민준의 남남 강간 미수사건은 사회적으로 엄청난 파장을 가져왔다.

단순한 추행이 아니라 술에 취해 사람을 억지로 겁간하려 했다는 것은 도의적으로 용서를 받지 못할 일이었다.

더군다나 상대방이 남자라니, 사람들은 그의 행동을 지탄하는 한편 더럽다고 손가락질을 했다.

물론, 법률상 남자가 강간을 당해도 처벌이 가능하긴 하지만 강간이 적용되지는 않는다.

원래 한국의 법률상 강간은 '폭행 또는 협박 따위의 불법적인 수단으로 부녀자를 간음함' 이라고 정의되어 있었다.

이 법이 2013년부터 개정되어 부녀자라는 단어가 사람이라고 개정되어 남자도 강간피해에 대한 법률적 고소가 가능해졌다.

하지만 그 처벌수위가 다소 낮기 때문에 남자는 사실상 강간죄로 누군가를 고소해 중죄를 내리기 힘든 것이 사실이었다.

그러나, 이 경우엔 바지가 벗겨지고 항문 주변으로 손까지 들어갔기 때문에 사태가 좀 심각했다.

차마 상상조차 하기 싫은 이 사건을 두고 치열한 법정공방이 벌어지지 않을까 조심스럽게 예측하는 언론이었다.

하나 강성그룹에선 피해자에게 합의금을 지불하고 이쯤에서 일을 덮는 것이 어떨까 하는 의견들이 많았다.

특히나 장남을 잃은 것이나 마찬가지인 권씨 일가에선 이 일을 무마시키려 발버둥치고 있었다.

하지만 강간을 당할 뻔했던 남성이 충격에서 벗어나지 못해 계속해 접촉에 어려움을 겪고 있었다.

만약 이대로라면 필시 권민준은 사회에서 매장되어 더 이상 빛을 볼 수 없을 터였다.

권민준이 잠시 머물고 있는 서울 네이튼 호텔에 네 명의 이사가 모여들었다.

네 사람은 물의를 일으킨 그를 추궁하고 앞으로의 방향에 대해 논의하기 위해 모인 것이었다.

먼저 권씨 일가의 대표인 권충민이 씁쓸한 표정으로 입을 열었다.

"…일단 이놈을 후보에서 제명하도록 합시다."

"아, 아버지!"

"아버지라고 부르지도 마라! 네놈 때문에 얼굴을 들고 다닐 수가 없어!"

"…죄송합니다!"

"닥쳐라, 이놈! 더 이상 입을 열지 마. 너무 힘이 들어."

"……."

아버지에게도 한 마디 말도 할 수 없다는 것은 남자로서, 또 아들로서 너무 큰 충격이었다.

하지만 그는 지금 그 어떤 항변을 할 수 없었기에 입을 다물 수밖에 없었다.

회장이자 한 집안의 총수인 김태산 회장은 침울한 표정으로 말했다.

"그래도 후보에서 제명하는 것은 좀……."

"별수 없잖습니까? 생각을 좀 해보십시오. 회장님 같으면 이런 아들을 후보로 올리고 싶겠습니까?"

"흠, 그건 좀 그렇긴 하군."

"아무튼 일이 이렇게 되었으니 차남에게 모든 것을 물려줄 수밖에요."

"…아버지, 저에게도 기회를 좀 주십시오."

"시끄럽다! 한 번 더 주둥이를 놀렸다간 정말 초상 치를 줄 알아라."

"……."

김태산은 나머지 두 이사에게 의향을 물었다.

"그럼 다른 사람들도 후보를 바꿔 경합을 진행하는 것에 동의하시오?"

"뭐, 일이 이렇게 되었으니 어쩔 수 있겠습니까? 그렇게 해야지요."

"그렇습니다. 권 군… 왜 그랬는지 몰라도 앞으론 좀 자숙하게."

"…예, 이사님."

그 어떤 항변도 할 수 없는 그에게 다시 한 번 김태산의 말이 비수처럼 날아들었다.

"일이 이렇게 된 김에 러시아 지사로 가는 것은 어떤가?"

"그, 그게 무슨 말씀이십니까?"

"일본지사는 이미 소문이 파다해서 들어가기 힘들 것이고, 러시아 정도면 괜찮을 것 같아서 말이야."

김태산은 아예 그를 재기불능으로 만들어 버릴 발언을 했으나, 지금 권씨 일가에겐 선택권이 없었다.

"…그렇게 합시다. 작은 자리라도 만들어 입에 풀칠을 시켜야겠습니다."

"알겠소. 러시아 지사에 내가 직접 전화를 넣겠소."

"고맙습니다……."

이로서 권민준은 모든 권력을 잃고 끝도 없는 추락을 맛보는 일만 남게 되었다.

*   *   *

경함에서 권민준이 빠진 후, 모든 스포트라이트는 유하가 받게 되었다.

권씨 일가에서 내세운 차남은 원래 사업적인 수완이 썩 좋지가 못해서 변두리 지사에 내려가 한없이 허송세월만 하던 사람이었던 것이다.

더군다나 나머지 다른 후계자들 역시 유하와의 술자리에서 입은 타격이 조금씩 남아 있었기 때문에 기를 펴지 못하고 있었다.

그들 역시 술에 취해 난동을 조금씩 부렸기 때문이었다.

유하는 이제 그런 그들을 제치고 미국지사의 매출만 신장시키면 되는 것이었다.

이른 아침, 유하는 자신의 곁에서 함께 잠들었던 민아와 사랑을 나누고 있었다.

그녀는 실오라기 하나 걸치지 않은 몸을 유하에게 맡긴 채 말했다.

"고마워요, 나를 위해 그런 일까지 하다니……."

"별말씀을요. 내 여자를 건드렸던 놈이니 그 정도 수모를 당하는 것은 당연합니다. 더한 수모를 겪게 할 수도 있었습니다만, 사람의 목숨을 앗아갈 수도 있을 것 같아 손속을 둔 겁니다."

"아무튼 유하 씨가 있어서 든든해요."

"앞으로도 더욱 신뢰가 가도록 지켜드리겠습니다. 그러니 앞으론 저런 말도 안 되는 일 때문에 눈물지을 일 없을 겁니다."

"…고마워요."

유하는 그녀의 입에 자신의 입을 맞추었고, 민아는 그런 그를 조금씩 탐닉하기 시작했다.

하지만 바로 그때, 두 사람을 방해하는 전화기가 울렸다.

지이이잉―

"받지 말까요?"

유하는 자신의 전화를 바라보며 물었고, 민아는 고개를 가로저었다.

"받아요. 당신은 이제 한 조직의 수장이자 후계자잖아요."

"알겠어요."

이윽고 전화를 받은 유하는 상대방을 확인한다.

"신강남입니다."

―보스, 이제 모든 준비가 다 끝났습니다.

"그래, 알겠다. 곧 미국으로 넘어가서 보자고."

―예, 알겠습니다.

간단한 통화를 마친 유하를 바라보며 민아가 물었다.

"무슨 전화예요?"

"조만간 미국에서 프로젝트를 운용하게 될 겁니다. 그것 때문에 연락이 온 것이죠."

"…그럼 또 당분간 얼굴을 볼 수 없는 건가요?"

급격하게 어두워지는 그녀의 표정, 유하는 그런 그녀를 품에 꼭 안았다.

"이번 일이 마무리 되면 함께 여행이라도 갑시다."

"여행이요?"

"프라하나 파리 같은 곳 말입니다. 아무도 모르게 우리 둘만 떠나는 거죠."

"좋아요!"

"가는 김에 캐나다에서 캠핑도 좀 하고, 기차여행도 좀 합시다. 당분간 정말 회사 일에선 손을 떼는 거죠."

"난 좋아요! 당신과 함께라면 뭐든지 다 좋아요!"

두 사람은 이내 다시 서로를 꼭 끌어안고 사랑을 확인했다.

*   *   *

한국에서의 경합이 유하에게로 그 승기가 기울어 갈쯤, 그는 이제 남은 일을 마저 마무리하려 길을 떠났다.

미국에서부터 시작될 제이든 헬레이크의 납치극을 조장하고 그 맥을 끊어버리기 위함이었다.

유하는 배를 타고 움직이는 그들을 개인 비행기로 쫓아가기로 했다.

부아아아앙ㅡ!

대략 10명에서 15명가량이 타고 움직이기에 아주 적합하게 만들어진 이 비행기는 높은 고도와 낮은 고도를 수시로 오가면서 대상을 감시하게 된다.

유하와 함께 움직이는 조직원들을 제외한 모든 인력들은 이미 뉴델리로 파견되어 작전을 준비 중에 있다.

이제 유하는 그들의 뒤를 잡아 일을 성사시키기만 하면 되는 셈이다.

그는 정미주에게 저들이 과연 얼마나 일을 철저하게 준비했는지 물었다.

"저들의 작전 진행 상황은 어떻습니까?"

"과연 저 바닥에서 꽤 많이 구른 티가 나긴 했습니다. 상대방의 동선을 미리 파악하고 덫을 놓는 수준이 가히 CIA수준이더군요."

"흐음, 그래요?"

"하지만 저들의 머리 위에 있는 것은 우리이니, 당연히 작전이 실패할 리는 없습니다."

그녀는 제이든을 잡아들이기 위한 첫 번째 작전이 벌어질 남중국해를 가리키며 말했다.

"우리 조직원들이 뉴델리에서 한차례 난동을 일으키고 나면 예정대로 보스께서 남중국해 인근 해상에서 저들의 배를 한차례 공격해 주셔야 합니다. 그에 대한 일은 전혀 지장이 없겠지요?"

"물론입니다. 지금 수면 아래로 내 비장의 무기가 지나가고 있어요."

"비장의 무기라면……."

"자라 말입니다."

그제야 정미주는 유하가 어떻게 이 일을 성사시키게 될지 가늠한다.

"아아, 그래요. 자라라면 그들을 한 방에 침몰을 시킬 수도 있겠군요."

"가장 믿음직한 수군이죠. 아마 지금쯤이면 남중국해를 유영하면서 상어나 잡아먹고 있을 겁니다."

"그래요, 그렇다면 다행이군요."

이제 그녀는 사건을 총괄하기 위해 무전기를 나누어줬다.

"곧 뉴델리에 도착합니다. 이제부터는 무전으로 서로의 위치를 확인하며 움직입시다."

"네, 그럽시다."

유하는 자신의 발아래를 스치고 지나가는 제이든의 배를 바라보며 읊조렸다.

'자자, 어서오너라!'

이들을 제거하고 나면 유하의 복수는 거의 다 마무리가 될 것이다.

이젠 정말 모든 것을 훌훌 털고 잘 살아보겠노라 다짐하는 유하였다.

*　　　*　　　*

인도 뭄바이의 항구, 이곳으로 제이든의 조직원들이 속속들이 도착하고 있다.

60명이나 되는 히트맨은 물론이고 그 휘하의 마피아들까지 모여들고 나니, 마치 한 무리의 관광객을 보는 것 같았다.

더군다나 그들은 가벼운 여행객 차림으로 돌아다니고 있었기 때문에 어지간한 사람들은 이들의 정체를 파악할 수 없을 것이다.

제이든은 자신의 오른팔인 사무엘에게 말했다.

"그녀는 지금 어디에 있다던가?"

"예정대로 뉴델리 공항으로 내려와 내일쯤이면 이곳 뭄바이로 올 것 같습니다."

"후후, 그래. 뉴델리에 가만히 처박혀 있다가 알아서 이곳으로 내려온다니, 이것이야말로 신의 가호가 아니고 뭐겠나?"

"맞습니다. 만약 그년이 뉴델리에 계속 처박혀 있었다면 일이 조금 더 복잡해질 뻔했습니다."

그는 마하라에 대한 정보를 수집한 후, 그녀가 움직이는 방향에 따라 납치 루트를 결정했다.

처음에 그녀는 스리랑카에서 미팅을 갖으려다가 돌연 일정을 바꾸어 뉴델리에서 일주일간 체류한다고 보고되었었다.

하지만 이번에는 또다시 루트를 변경하여 불현듯 뭄바이로 자리를 옮기게 된 것이었다.

이번에는 정말로 틀림없이 이곳으로 온다고 믿을 만한 정보통이 전언을 해주었다.

"다시 계획을 변경하는 일은 없겠지?"

"물론입니다. 그년이 이곳으로 오는 것은 일상적으로 벌어지는 사업 때문이 아니거든요."

"흐음, 그렇다면 무슨 사연이 있나?"

"자세한 것은 모르겠습니다만, 누구를 급하게 찾는 것은 확실합니다."

"사람을 찾는다?"

"예, 그렇습니다. 우리는 이참에 그놈까지 사로잡아 아예 재산을 거덜 내야 할 겁니다."

"후후, 계획 한번 좋군. 하지만 그래도 문제가 되진 않겠어? 아싸르 그룹에서 우리를 찾지 못해 혈안이 될 텐데?"

"뭐, 어떻습니까? 어차피 아싸르그룹에서도 눈엣가시 같은 대주주가 빠져버리면 오히려 좋지요."

"일이 또 그렇게 되나?"

"인도에서의 성차별은 생각보다 대단합니다. 아마도 지금 그룹 수뇌부들은 여자인 대주주가 못마땅할 겁니다. 그러니 그녀가 없어지면 오히려 좋아하겠지요."

"후후, 그렇게 된다면 일이 한결 수월해지겠군."

이들이 지금 납치를 벌이는 궁극적인 목표는 어차피 유동이 가능한 현금을 마련하기 위함이다.

한국의 3개 회사를 인수하여 비자금을 조성하려던 것도 순전히 지금 비어버린 주머니를 채워야 하기 때문에 계획했었다.

그렇다면 그녀의 돈을 모두 털어먹어 재산을 비축할 수 있다면, 당연히 그 기회를 노리는 것이 맞다.

"아무튼 그년이 어떤 놈을 찾는지 몰라도 반드시 우리도 함께 그것을 찾는다."

"예, 보스."

60명의 히트맨들은 정예 중에 최정예라고 불리는 자들이다.

그들은 반드시 이번 작전을 성공적으로 이끌 것이다.

늦은 저녁, 뭄바이 오흐라 호텔로 마하라가 들어섰다.

─치익, 목표물이 들어왔다.

"알겠다."

오늘 가장 중요한 역할을 맡은 히트맨 세 명이 마하라가 타고 온 자동차를 향해 종종 걸음으로 달려갔다.

"짐을 맡아드리겠습니다."

"고마워요."

"객실로 올려다 드리면 되겠습니까?"

"그래 주세요."

히트맨들이 가방을 들고 엘리베이터로 향하자, 미리 준비하고 있던 기술자들이 나와 가방을 스캔하기 시작한다.

삐빅, 삐빅, 삐빅—!

만약 가방에 의외의 물건이 들어 있다면 곤란하기 때문에 철저하게 분석해야만 작전이 성공할 수 있을 것이다.

"이상 무. 작업을 시작하라고."

"알겠다."

그녀의 가방을 받아들었던 세 사람은 아주 익숙한 솜씨로 단단히 잠겨 있던 캐리어의 입구를 따냈다.

끼릭, 끼릭, 찰칵!

사생활 보호가 철저했던 그녀는 항상 캐리어를 잠그는 습관이 있어 열쇠가 없으면 열 수가 없다.

하지만 이들은 굳건히 닫혀 있는 자동차 문도 바늘로 열어버리는 사람들이기 때문에 그런 자물쇠는 소용이 없었다.

세 사람은 캐리어 속에 아주 작은 초소형 카메라와 위치추적기를 달아놓았다.

이제 그녀가 어디를 가든 무엇을 하든 일거수일투족이 고스란히 그들에게 보고 될 것이다.

"작업 완료군."

"좋아, 곧바로 객실로 올라가자고."

세 사람은 재빨리 엘리베이터에서 내려 한 사람은 객실로, 두 사람은 비상계단을 타고 내려갔다.

        *   *   *

늦은 밤, 마하라는 따끈한 물로 샤워를 즐긴 후에 곧바로 밤잠을 자기로 했다.

솨아아아아—!

욕실로 들어선 마하라는 자신의 옷을 벗어 캐리어에 집어넣고 새로 입을 옷을 꺼내어 욕실 쇼윈도에 걸어놓았다.

그러면서 그녀는 의식적으로 캐리어를 몇 번 더 뒤졌다.

"보자…. 화장품이 어디에 있더라?"

마하라의 정체는 인도계 해결사인 아이린인데, 그녀는 정미주가 지인에게 소개받은 사람이었다.

그녀는 자신이 납치당한다는 사실을 익히 알고 있으면서도 상당히 의연하게 행동하고 있었다.

'이 새끼들, 도대체 어디에 카메라를 숨겨 둔 것이지?'

아이린이 카메라의 위치에 신경을 쓰는 것은 앞으로 그녀가 납치를 당해 끌려가더라도 그 위치를 유하에게 알려주기 위함이다.

물론, 유하가 그녀를 감시하고 있긴 하지만 잘못해서 납치를 당한 그녀를 놓치게 되면 큰일이 벌어지기 때문이다.

잠시 후, 그녀는 자신의 몸을 찍고 있는 초소형카메라와 지속적으로 자신의 위치를 송출시키고 있는 GPS장치를 발견했다.

'여기 있군.'

이제 그녀는 이 위를 옷으로 살짝 가린 후, 납치를 준비하기 시작한다.

같은 시각, 제이든의 히트맨들은 그녀를 납치하기 위한 걸음을 옮겼다.

―치익, 목표물은 현재 샤워를 하는 중으로 보이다. 곧 잠에 빠져들겠지.

"좋아, 그렇다면 샤워를 마치고 나오는 길을 노리면 되겠군."

―그렇게 하는 것이 좋겠지?

"차는 준비되어 있겠지?"

―이미 호텔 주차장에서 대기하고 있다. 너희들이 작전을 마치면 곧바로 이동할 수 있다.

"좋아, 그럼 예정대로 지하 주차장으로 가겠다."

―입감.

이윽고 이들은 목표물인 마하라가 머물고 있는 객실로 접근했다.

삐비비비빅!

이미 호텔 프론트에서 마스터키를 훔쳐 온 그들은 아무런 어려움 없이 객실 문을 열고 안으로 들어갔다.

쏴아아아아!

여전히 욕실에서 물소리가 들려오는 것을 보니 아직도 샤워를 끝마치지 않은 모양이었다.

"타이밍이 딱 좋군."

히트맨들은 사람을 납치하기 가장 좋은 방법인 마취약을 투약하기 위해 욕실 바로 앞에 자리를 잡았다.

그리곤 가만히 그녀가 나올 때까지 숨을 죽여 기다렸다.

끼이이익—

드디어 욕실문이 열리면서 젖은 머리에 트레이닝복을 입은 마하라가 모습을 드러냈다.

"후아, 시원하다!"

바로 그때, 히트맨들은 이 타이밍을 노려 그녀의 목덜미에 마취제를 투여했다.

푸욱!

"흐억!"

"가만히 있어! 난동만 부리지 않는다면 지금 죽이지는 않겠다."

"아……!"

이내 기절해 버리는 그녀를 살며시 내려놓은 히트맨들은

마하라의 캐리어에 주변에 있던 짐을 모두 구겨 넣었다.

철컹!

"다 챙겼다. 이제 그년을 담아."

"알겠다."

히트맨들은 사람 두 명은 거뜬히 들어갈 만한 가방을 꺼내어 그녀를 담았고, 그것을 두 사람이 함께 나누어 맸다.

"가자."

"그래, 신속하게 움직여."

이제 이들은 비상계단을 통하여 지하실로 조금씩 이동하기 시작했다.

제6장
대어를 낚다

　뭄바이 연안에 위치한 간이선착장, 이곳으로 한 무리의 사내들이 차량들을 이끌고 달려왔다.

　부아아아앙!

　대략 20대 정도의 승합차를 타고 달려온 그들은 재빨리 선착장에 정박하고 있던 상선에 차를 통째로 실었다.

　"어서 움직여! 시간이 별로 없다!"

　"예, 알겠습니다!"

　간이선착장에 정박한 상선은 20대의 승합차를 모두 싣자마자 상호를 인도계열 회사로 바꾸었다.

부우우욱!

테이프로 가려져 있던 선체 측면의 로고가 드러나면서 그들은 순식간에 '뭄바이 상회'로 변모했다.

뭄바이 상회는 실제 인도 전역에 유통망을 구축하고 있는 택배회사이기 때문에 가끔 상선을 이용하기도 한다.

하지만 이렇게 어중간한 크기의 상선을 간이선착장에서 띄우는 일은 거의 없다.

해상물류를 구축하자면 한 번에 최대한 많은 양을 싣고 다녀야 손해가 적을 텐데, 이렇게 중소규모의 상선은 그 목적에 부합되지 않는다.

해서 조금만 뭄바이 상회에 대해 아는 사람이라면 당연히 상선에 대해 의심을 해볼 것이다.

하나, 로고는 물론이고 가짜 선박허가증까지 준비한 그들이라면 충분히 경찰의 포위망을 뚫을 수 있을 것이다.

제이든은 승합차 뒤에 실려 있던 마하라를 꺼내어 선실로 끌고 왔다.

"우웁, 우웁……!"

손과 발이 꽁꽁 묶인 그녀는 여전히 표독스러운 표정을 지으며 제이든을 노려보았다.

그러자 그는 실소가 가득한 표정으로 말했다.

"큭큭! 계집이 성질 한번 더럽군."

"우웁!"

"좋아, 주식을 받아먹기 전에 네년부터 한번 맛을 봐주지."

마하라는 상당한 미인이었기 때문에 굳이 돈이 아니더라도 한번쯤 욕심이 나는 여자였다.

제이든은 그녀의 입을 가리고 있던 재갈을 풀어냈고, 그녀는 그 즉시 제이든의 얼굴에 침을 뱉었다.

"퉤!"

"…이년이 미쳤나!"

"더러운 새끼! 돈 때문에 사람을 납치해?"

"후후, 돈 때문에 사람도 죽이는 세상이다. 지금 당장 네년을 죽이는 것쯤은 별것 아니라는 소리지."

"개자식…!"

그는 마하라의 허벅지를 쓰다듬으며 물었다.

"자, 이제부터 비즈니스를 시작할까? 네년, 나에게 한 번 아랫도리를 벌려주고 우선협상 대상자로 지정하는 대신 목숨을 건질 것이냐? 아니면 그냥 이대로 죽을 것이냐?"

"빌어먹을 놈이군. 어째서 나는 너에게 두 가지를 들어줘야 하고, 너는 나에게 한 가지 조건만 들어주는 것이지?"

"억울하면 네가 납치범을 하던지."

그녀는 한 점 흐트러짐도 없는 얼굴로 말했다.

"좋아, 그렇다면 이렇게 하지."

"말해."

"만약 나를 이곳에서 자유롭게 풀어주고 건드리지 않는다면 우선협상 대상자로 지정해 주겠다."

"뭐라?"

"하지만 행여나 내 몸에 조금이라도 손을 댔다간 이 자리에서 확 죽어버릴 것이다. 그렇게 되면 우선협상 대상자고 뭐고 다 물거품이 되는 것쯤은 일도 아니다."

"…역시 독한 년이군."

"네놈의 손에 놀아나느니 차라리 죽고 만다. 나는 그런 여자야."

마하라의 표정에 결연함이 스치니, 제 아무리 막 나간다는 제이든이라고 해도 쉽사리 손을 쓸 수 없는 모양이었다.

그는 그제야 부하들에게 그녀를 풀어줄 것을 명령한다.

"후후, 애초에 네년을 어떻게 해보려는 생각은 없었다. 다만 네가 얼마나 독한 년인지 알아보기 위함이었을 뿐이지."

"…닥쳐라. 이번 일이 끝나면 다시는 볼일 없었으면 좋겠군."

"이하동문이다."

이윽고 그는 마하라에게 전화기를 하나 건네며 말했다.

"자, 그럼 우선협상 대상자를 바꾸자는 전언을 회장에게 전해라."

"그것이면 모든 것이 끝나나?"

"물론이다."

마하라는 전화를 걸기 전, 그에게 마지막 조건을 내건다.

"좋아, 내가 너희들을 밀어준다고 치자. 하지만 그래도 1억 달러라는 돈은 꼭 필요하다. 무슨 말인지 이해가 가나?"

"그러니까 최소 1억 달러는 있어야 협상이 될 것이라는 소리군?"

"그래, 맞아. 우리가 비자금을 조성하기 위한 목적이 무엇인가? 회사를 존립시키기 위함이다. 만약 그 1억 달러가 없다면 회사를 팔아버릴 이유가 없다는 것이지."

"흠……."

"지금 당장 1억 달러를 준비할 수 없다면 내가 전화를 해도 별 소용이 없어. 오히려 내가 없어진 것에 대한 의혹만 제기될 뿐이지."

그녀의 몇 마디 말에 제이든과 그의 부하들은 깊은 고민에 빠져들기 시작한다.

"보스, 그건 저년의 말이 맞는 것 같습니다. 저들 회사가 존립하기 위해선 1억 달러라는 돈은 꼭 필요할 겁니다."

"맞습니다. 만약 그 최소한의 조건이 맞춰지지 않으면 결코 계약은 진행할 수 없을 테지요."

"그건 그렇지."

"그냥 1억 달러를 줘버리는 것은 어떻겠습니까?"

"지금 당장?"

"우리가 보유한 재산을 최대한 처분하고 보스의 유동자산을 조금 처분하면 될 것도 같습니다."

1억 달러를 투자하여 열 배에 달하는 돈을 벌어들일 수 있다는 유혹은 도저히 뿌리칠 수 없는 일이었다.

제이든은 이내 부하들의 뜻에 따르기로 한다.

"좋아, 네년의 말대로 하겠다."

"알겠다. 그럼 지금 당장 전화를 걸 테니 협상단을 꾸리도록."

"아니, 잠깐. 그전에 우리가 돈을 마련할 수 있도록 시간을 좀 줘."

"얼마나 필요하지?"

"일주일이면 충분하겠군."

"일주일이라… 좋아, 그럼 나는 지금 전화를 걸어 협상을 멈추도록 지시하겠다."

이제야 합이 딱 맞았던지 두 사람 모두 경계심을 풀어놓는 것 같았다.

*   *   *

며칠 후, 제이든의 배는 남중국해 인근을 지나 인천으로 향하고 있는 길이다.

제이든은 늦은 밤에 자신을 찾아온 마하라와 함께 술자리를 갖고 있었는데, 그녀의 얼굴이 잔뜩 상기되어 있었다.

"딸꾹! 술이 좀 세군!"

"인도 역시 술이 독하기로 유명하지 않나?"

"아무리 그래도 이렇게까지 독한 술은 없어. 이거, 도대체 뭐야?"

"일종의 화학약품 같은 것이라고나 할까? 일반적인 사람은 잘 마시지 않는 술이지."

"그런데 이런 술을 왜 마셔?"

"좋으니까. 넌 별로인가?"

그녀는 고개를 가로저었다.

"아니, 오히려 좋군! 이렇게 술이 독한데 거부감이 들지 않아. 제조 방법이 궁금한데?"

"후후, 평생 궁금해해야 할 것이다. 이 술의 제조법은 오로지 나 하나밖에 모르는 것이거든."

"깍쟁이군. 내가 너에게 벌어다 줄 돈이 얼마인데?"

"그거야 끝장을 봐야 아는 일이고. 만약 내가 원하는 만큼의 돈을 벌어들인다면, 그때는 이 술의 제조법을 덤으로 알려주도록 하지."

"…남자가 너무 뻣뻣하면 재미없어. 알 만한 사람이 그러는군."

순간, 그녀의 눈동자가 그의 동공을 저격해 버린다.

"크, 크흠!"

"어이, 깍쟁이 양반, 오늘 밤에 혼자 잘 건가?"

"그, 그거야……."

"만약 네가 술의 제조법을 알려주지 않는다면 잠자리에서나 들어봐야겠군."

꿀꺽!

그녀의 농염한 미소와 매끈한 가슴 라인, 거기에 굴곡이 확연히 드러나는 트레이닝복은 완벽한 앙상블을 자아낸다.

제이든은 그런 그녀의 눈빛 한 번에 심장이 녹아 없어지는 것 같았다.

"험험, 그건 네가 알아서 뭐하게?!"

"이 아저씨가 자꾸 왜 이러실까……?"

이윽고 그녀의 손이 제이든의 허벅지로 향하자, 그는 오랜만에 심장이 두근거림을 느낀다.

두근!

하지만 그녀는 딱 이쯤에서 손을 떼버렸다.

"에잇, 됐어. 나도 싫다는 사람과 억지로 잘 생각은 없어."

"아, 아니, 그게 아니고……."

"그냥 가서 잘래."

"아, 아니야! 그런 것이 아니고, 내 말을 좀 들어봐!"

"흥! 이 깍쟁이 아저씨야, 배는 이미 떠났어. 그러게 왜 쓸데없이 튕겨서 일을 이렇게 만들어?"

"……."

"그럼 난 갈게. 잘 마셨어."

돌아서는 그녀를 바라보며 씁쓸한 미소를 짓는 제이든, 바로 그때였다.

쿠르르르릉, 콰앙!

"꺄악!"

"뭐, 뭐야?!"

그 자리에 주저앉은 그녀를 안아 든 제이든이 선장실로 전화를 연결시켰다.

"이봐! 뭐야?! 왜 선박이 이렇게 흔들리는 거야?!"

─암초입니다! 암초가 있는 것 같아요!

"암초? 이 망망대해에 무슨 암초야! 혹시 고래와 부딪친 것 아닌가?"

─자세한 것은 저희들도 잘 모르겠습니다! 일단 조직원들을 보내서 확인해 보겠습니다.

"젠장, 암초라니! 이게 무슨 날벼락이야?"

이대로 미국까지 단박에 항해하려던 그는 이젠 그 목적지를 바꾸어야겠다고 생각한다.

"안 되겠다. 인천으로 가서 우리 재산을 좀 처분하고 거기서 계약을 맺어야겠어."

"그럼 미국은?"

"괜찮아. 안 들어가도 충분히 매각은 가능하니까. 그나저나 괜찮나?"

"응……."

그녀는 상당히 가녀린 모습으로 그의 팔뚝을 붙잡았는데, 그 손끝이 미약하게 떨려오고 있었다.

그 모습은 그녀의 아름다움과 겹쳐져 남자의 보호본능을 자극하기에 충분했다.

꿀꺽!

"그 술… 한 잔 더 할까?"

"조, 좋지!"

"하지만 만약 내가 취했다고 함부로 덤벼들면 알지?"

"무, 물론이다! 내가 그렇게 치졸한 놈으로 보여?"

"후후, 그래. 한 잔 더 마시자."

두 사람은 이내 테이블로 옮겨 술잔을 기울이기 시작한다.

*   *   *

같은 시각, 선장실에선 충돌의 원인을 찾기 위해 동분서주

하고 있었다.

"제기랄, 이 깊은 바다에 암초가 있을 리가 없고. 이게 도대체 어떻게 된 일이야?!"

"그러게 말입니다. 그나마 다행인 것은 선박이 부서지지 않았다는 겁니다. 만약 선체가 박살 났으면 꼼짝없이 다 죽을 뻔했습니다."

"…운이 좋았던 것이지."

정체불명의 충돌로 인해 손상을 입은 곳은 그리 많지 않았지만, 물을 담아놓은 물탱크가 망가지는 바람에 그리 오랜 기간을 항해할 수는 없을 것 같았다.

더군다나 엔진의 열을 식히는 냉각수장치마저 부서져버렸기 때문에 일주일 이상 항해를 하는 것은 무리였다.

때문에 애초의 목적지였던 미국은 근처에도 못 가고 한국에 정박해서 모든 일을 처리해야 할 것 같았다.

"여기서 인천까지 얼마나 걸리지?"

"대략 사나흘이면 닿을 겁니다."

"그래, 그럼 거기서 배를 손보고 다시 미국으로 돌아가자고."

"예, 알겠습니다."

현지에서 구한 기술자들은 배를 대충 손보고 난 후, 임시방편으로 냉각수를 충당하며 항해를 거듭해 나갔다.

솨아아아아—

깊은 심해를 유영하며 마음껏 어획물을 맛보고 있는 자라, 유하는 그런 자라의 등껍질 속에 들어가 있다.

자라의 등껍질에는 사람 두 명이 들어갈 수 있을 만한 공간이 있는데, 이곳은 얇은 막으로 덮혀 있어 물이 들어치지 않는다.

또한, 자라의 숨이 한 바퀴 돌아가는 지점이기 때문에 아무리 오래 있어도 산소가 모자랄 일이 없었다.

유하는 이곳에 앉아 자라의 방해공작을 지시하고 곧장 인천까지 갈 계획이었다.

"잘했다. 이 정도 충격이면 멀리는 못 가겠지."

—쉬이이이이익—

이제는 거의 성체에 가깝게 자라난 자라는 심해에서 가장 큰 생물로 알려진 흰수염고래보다 덩치가 더 컸다.

만약 여기서 조금만 더 성장을 거친다면 완벽한 성체로 자라나 물을 관장하는 진짜 신수로 탈바꿈 할 수도 있을 것 같았다.

하지만 자라가 신수로서 제대로 된 역량을 보이려면 적어도 100년은 더 기다려야 하니, 당장 벗을 삼기엔 무리가 있을 것이었다.

유하는 이제 정미주에게 작전을 마무리할 것을 지시했다.

"여보세요?"

―네, 회장님.

"이제 슬슬 마무리합시다. 놈에게서 돈을 받아내고 조직들을 아예 와해시켜버리는 겁니다."

―알겠습니다. 그럼 지금 당장 아이린에게 언지를 해놓겠습니다. "

"그래요. 일을 시작할 타이밍에 연락을 주십시오. 한 번에 배를 뒤집어버리겠습니다."

―예, 회장님.

전화를 끊은 유하는 이제 거의 모든 일이 마무리되어 감을 느낀다.

"좋아, 슬슬 쇼타임이다."

유하는 계속해서 심해를 따라 인천으로 이동했다.

＊　　　＊　　　＊

마하라 납치 일주일 후, 그는 인천에 배를 정박시키고 미국에 있던 자신의 유동자산 1억 달러를 처분하여 현금화하였다.

그리고 그 돈을 전부 인도계 채권으로 변환하여 아싸르 그룹으로 넘기기로 했다.

이른 아침, 아싸르 그룹에서 총괄이사 및 대표이사직을 겸

임하고 있던 마이클 부스만이 한국행 비행기로 입국했다.

제이든은 그에게 직접 1억 달러를 넘기고 우선협상 대상자 선정을 위한 계약서 및 각서를 받아낼 생각이었다.

마이클 부스만은 상당히 깐깐한 말투로 자신의 앞에 선 제이든에게 물었다.

"이건 개인적인 질문입니다만, 대주주님께 얼마를 건넸습니까? 도대체 어떻게 했으면 10억 짜리 프로젝트를 1억에 넘길 수 있단 말입니까?"

"그거야 당신이 직접 알아보면 될 일이고. 아무튼 나는 이 제3사를 통합하여 건네받을 겁니다. 도장이나 찍으시죠."

총괄회장의 위임장을 가지고 온 그는 회사로고가 적힌 도장과 자신의 친필서명을 계약서에 날인했다.

쾅!

"자, 되었습니까?"

"후후, 그래요! 이래야 제대로 된 것이지!"

기쁨을 감추지 못하는 제이든을 바라보며 마이클 부스만은 썩 마뜩찮은 표정을 짓는다.

"…앞으로 다시는 보지 말았으면 합니다."

"그걸 말이라고 합니까? 우리가 다시 만났을 때엔 분명 모르는 사람이어야 합니다."

"그럽시다."

이윽고 돌아서는 마이클을 바라보며 제이든은 득의에 찬 표정을 지었다.

"후후, 이제부터 이 세상은 나를 중심으로 돌아가기 될 것이다!"

과연 앞으로 그에게 어떤 일이 닥칠지 전혀 상상조차 못한 채 그는 그저 기쁨에 찬 미소만 지을 뿐이었다.

같은 시각, 유하는 경찰제복을 입힌 조직원 300명을 대동한 채 제이든의 배를 찾았다.

그는 가짜로 만들어낸 영장을 들고 제이든의 부하들에게 외쳤다.

"경찰이다! 납치신고를 받고 왔다! 지금 당장 투항하지 않으면 발포하겠다!"

철컥!

실제로 그는 러시아에서 직접 공수한 권총들을 가지고 있었으며, 여차하면 그것을 발사해버릴 작정이었다.

그러자, 제이든의 배에서 중간보스로 보이는 몇몇 사내가 두 손을 머리 뒤에 깍지를 낀 채 걸어 나왔다.

"무슨 일입니까?! 우리가 무슨 납치를 했다는 겁니까?!"

"그 안에 인도계 여인이 잡혀 있다고 들었다! 수색에 응하지 않으면 발포한다!"

"영장은 있습니까?!"

"보다시피 영장까지 발부받았다! 인터폴로 넘어가기 전에 우리에게 수색을 받는 것이 유리하다! 만약 거부할 시 발포하겠다!"

"……."

점점 표정이 굳어가는 그들, 유하는 슬슬 자신이 나설 차례라고 생각했다.

그는 연지훈에게 아이린의 행방을 물었다.

"지금 그녀는 어디에 있나?"

"산소 탱크를 확보했답니다. 선실로 나올 준비는 모두 끝났습니다."

"좋아, 그럼 시작하도록 하지."

유하는 심해를 향해 휘파람을 불었다.

"휘이이익!"

쿠구구구구구궁―!

"이, 이게 뭐야?!"

그의 휘파람 소리 한 번에 대지가 흔들렸고, 바닷가에선 파도가 거세게 일어 전방이 모두 술렁거렸다.

한마디로 마른하늘에 갑자기 천재지변이 일어났던 것이다.

유하는 자라에게 배를 뒤집어버릴 것을 명령했다.

'뒤집어!'

―쿠오오오오!

"저, 저게 뭐야?!"

자라는 끝까지 정체를 드러내지는 않았지만 배가 뒤집힐 수 있을 만큼의 충격을 주었다.

만약 모르는 사람이 보았다면 그저 단순한 자연재해로밖에 보이지 않을 것 같았다.

쿠르르릉, 콰앙!

"크아아아악!"

"배가 뒤집힌다! 어서 피해!"

"사, 사람 살려!"

100명이 넘는 인원들이 배와 함께 바다 깊숙한 곳으로 빨려 들어가 버렸고, 배는 산산조각이 나 버렸다.

빠지지지지직!

유하는 이들을 모두 물에서 건져냈고, 목숨이 끊기지만 않게 했다.

'됐다. 이제 그만 심해로 돌아가.'

―끼이이이이이익!

자라는 유하의 지시를 받자마자 곧장 심해로 돌아가 버렸고, 그제야 마피아들은 헤엄을 쳐 뭍으로 슬금슬금 기어오기 시작했다.

유하는 그런 그들에게 권총을 겨누며 말했다.

철컥!

"여기서 죽을 것이냐, 투항할 것이냐?"

"…살려주시오. 투항할 테니 사람은 쏘지 맙시다."

"좋아, 그럼 나오는 순서대로 포박을 당하고 순순히 차에 오른다. 알겠나?"

"…그렇게 합시다."

너무나도 어처구니없게 자연재해를 맞이한 그들은 묵묵히 유하의 명령에 따르기로 한다.

* * *

제이든은 강남빌딩 지하에 마련된 밀실에서 자신을 속이고 데리고 온 유하를 바라보며 황당하나는 듯이 물었다.

"감히 나에게 뒤통수를 쳐? 그러고도 살아남기를 바라나!"

"쯧, 아직도 정신을 못 차린 모양이군. 너는 이곳에 볼모로 잡혀왔다. 잘못하면 죽을 수도 있다는 소리야."

"그래, 죽여라! 하지만 내 회사는 빼돌리지 못할 것이다!"

유하는 실소를 흘렸다.

"후후, 눈치가 느리군."

"뭐라?"

"딱 보면 모르겠나? 그녀가 정말로 아싸르 그룹의 대주주일까? 그리고 너희들이 인수하려는 그 회사들, 정말로 존재했다고 생각하는 건가?"

이윽고 유하는 자신과 함께 연기했던 두 사람을 불러낸다.

"잘 봐라. 네가 지금 어떤 사태에 직면했는지 말이야."

유하의 호출을 받고 달려온 정미주와 연지훈 등은 그들 바라보며 조소를 흘린다.

"하여간 멍청한 것은 세계 1등이라니까. 여기까지 와서도 전혀 눈치를 못 챈 거야?"

"……."

"이 멍청아, 너는 지금 1억 달러짜리 사기를 당한 거야. 알겠어?"

"뭐, 뭐라고?"

"네가 1억이나 주고 산 회사들은 전부 페이퍼컴퍼니고 아싸르 그룹은 애초에 있지도 않은 곳이었다는 소리지."

"그, 그럼 내가 지금까지 본 자료들과 보도들은……."

"당연히 조작된 것이지. 설마하니 그렇게까지 잘 걸릴 줄은 꿈에도 몰랐어. 설마하니 우리가 전부 다 진짜 변호사에 회계사라고 생각한 것은 아니겠지?"

"……."

"하하하! 만약 그렇다면 이거야 말로 제대로 개그소재가 될 것 같군!"

"누가 아니래?"

전 재산을 모두 털린 제이든은 절망감에 가득 차서 아무런 말도 할 수 없었다.

"내, 내 재산이 모두⋯⋯."

"우리에게 넘어온 것이지. 아무튼 그 재산들 전부 다 넘겨 줘서 고마워. 좋은 곳에 쓸게."

그는 참다 못 해 분통을 터뜨렸다.

"크아아아악! 죽일 것이다! 네놈들 전부 다 산채로 해체해서 스테이크로 먹을 것이다!"

"후후, 할 수 있으면 해보든지. 하지만 평생 그것은 불가능할 것 같은데?"

유하는 그에게 계약서를 한 장 내밀며 말했다.

"네가 가진 사모펀드 주식을 모두 다 내놓는다면 네 돈의 일부를 돌려줄 수도 있다. 어때? 생각이 좀 동하지 않아?"

"⋯도둑놈의 새끼들! 그게 말이나 되는 건가?!"

"왜 말이 안 되는 것이지? 어차피 네놈 역시 범죄로 벌어들인 돈, 범죄로 좀 뜯어가는 것이 뭐 그리 잘못이야?"

"이런 개자식들! 차라리 나를 죽여라! 죽이라고!"

"음음, 그럴 수는 없어. 내가 무엇하러 너 같은 놈을 죽여서 손에 피를 묻혀? 안 그래?"

"끄아아아악!"

만약 팔과 다리가 풀려 있었다면 지금쯤이면 바닥을 뒹굴거리고 있을 제이든이다.

하지만 유하에겐 그런 모습이 너무나 흡족하게 다가왔다.

"한번 잘 생각해봐. 네가 과연 어떤 노선을 선택하는 것이 옳을지 말이야."

"……."

이윽고 유하는 그를 뒤로 한 채 밀실을 나섰다.

*   *   *

감금 열 두 시간 째.

유하는 그에게 밥을 주기 위해 밀실의 문을 열었다.

그러자, 정신이 거의 다 나가버린 제이든의 모습이 눈에 들어왔다.

"이봐, 정신 차려. 안 처먹으면 사람은 죽을 수밖에 없어."

"……."

"어이!"

유하는 그의 의자를 발로 차버렸고, 그는 곧바로 뒤로 넘어가 처참하게 널브러졌다.

퍼억!

쿵!

"크윽……."

"그러게 내가 시키는 대로 움직이지그래. 돈을 돌려주겠다니까?"

"…원래 내 돈이고 내 지분이다! 도대체 나에게 왜 이러는 것인가, 이 빌어먹을 새끼들아!"

"으음, 그게 아니야. 원래 이 회사는 나의 아버지가 소유했어야 한단 말이다."

"그게 무슨 소리인가?"

유하는 자신의 출신성분에 대해 전혀 모르는 그에게 긴 소리는 생략했다.

"뭐, 아무튼 그런 것이 있어. 그러니 좀 억울해도 참으라고. 만약 식사가 하기 싫으면 그냥 굶어 뒈지던지."

"……."

"그럼 나는 간다."

이윽고 돌아서려던 유하에게 그가 다시 한 번 물었다.

"그, 그녀는 지금 어디에 있나?!"

"그녀?"

"마하라 말이다!"

"큭큭, 그 마하라 말이야?"

"그렇다. 그녀는 무사한가?"

유하는 고개를 끄덕인다.

"잘 있을 걸? 지금쯤이면 내가 준 돈을 챙겨서 자국으로 돌아갔겠군."

"도, 돈?"

"말하지 않았나? 모든 것은 다 조작이었다고. 애초에 그녀는 그냥 뒷골목에서 해결사 노릇이나 하던 사람이야. 너에겐 신기루와 같은 사람이라는 소리지."

"……."

짧은 시간이었지만 제이든에게 그녀는 꽤 큰 의미로 다가오는 모양이었다.

"어울리지 않게 순정이군. 설마하니 그녀가 너를 배신했다고 슬퍼하는 것은 아니겠지"

"…아니다. 아무튼 그녀가 잘 있다면 다행이다."

"큭큭, 미친놈이군. 너는 벨도 없는 놈인가? 여자에게 홀려서 돈을 다 털렸는데도 그녀를 그리워하다니 말이야."

"닥쳐라……."

슬픔이 가득한 그를 바라보는 유하의 눈에는 어느새 일말의 동정심이 피어올랐다.

"후후, 여하튼 다시 한 번 잘 생각해 보도록. 시간은 앞으로 하루 남았다."

"……."

"자아성찰을 좀 할 수 있도록."

끼익—!

유하가 밀실의 문을 닫고 나가려던 바로 그 순간, 제이든이 그를 붙잡았다.

"잠깐!"

"뭐냐?"

"내 주식을 넘기면 돈은 정말로 돌려주는 건가?"

"당연한 일이다. 다만, 이 돈을 다 줄 수는 없으니까 일부만 돌려주는 거지."

"그게 무슨 말도 안 되는 조건인가! 원래 내 돈이 아닌가!"

"싫어? 싫으면 어쩔 수 없고."

자신이 피땀을 흘려 번 돈을 몽땅 빼앗긴다는 생각에 제이든은 불과 30분 만에 30년은 늙은 것 같았다.

하지만 더 이상 그에게 물러설 자리는 남아 있지 않았다.

"줄게! 준다고! 그러니까 이제 내 돈을 좀 돌려줘!"

"후후, 진즉 그럴 것이지."

유하는 그에게 주식양도증서를 작성하도록 했고, 그 곁에서 자산반환을 지시하기 위해 전화기를 잡고 있었다.

*　　　*　　　*

주식을 양도받은 후, 화수는 그에게 4천만 달러를 건넸다.

"이것으로 다행인 줄 알아라."

"…고마워서 눈물이 다 나려고 하는군."

"당연하지. 감읍해서 고개를 들 수 없을 정도여야 정상이다."

"……."

유하는 절망한 그에게 한 가지 제안을 한다.

"좋아, 네가 너무 불쌍한 표정을 지으니 제안을 하나 하지."

"뭔가?"

"너희들은 OK그룹의 끄나풀이라고 했다. 맞나?"

"…그걸 어떻게 알았지?"

"다 아는 방법이 있다."

그는 잠시 멍한 표정이 되어버린 제이든에게 말했다.

"너희들이 OK그룹에게 상납한 돈에 대한 자료들을 나에게 넘겨라. 그리고 너희들이 불법자금을 통용시켜 지금까지 벌였던 불법사업에 대한 것도 말이다. 또한, 그들이 너희들에게 내려준 원금에 대해서도 알려주고."

"그렇게 하면 OK그룹이 타격을 너무 크게 입는다. 일을 크게 벌일 수는 없어."

"하지만 그렇게 되면 남은 돈 6천만 달러는 사회에 기부될 것이다. 그래도 좋아?"

"……."

"네 돈이다. 네가 피땀을 흘려 번 네 돈이라고."

"…그걸 아는 새끼가 남의 돈을 훔쳐가?"

"후후, 잘 알아서 그런 것이다. 네가 사면초가에 몰리면 알아서 모든 정보들을 알아서 술술 불 테니까."

"개자식!"

"자, 어때? 구미가 좀 당겨?"

유하의 제안은 지금의 제이든으로선 한줄기 빛과 같은 것이었다. 하지만 잘못하면 그 역시 목숨을 잃을 수 있기 때문에 쉽사리 제안을 받지 않는 것 같았다.

그러나 세상에 돈보다 더 중요한 것은 제이든이다.

"…자료들만 있으면 되는 건가?"

"당연하지. 물론, OK그룹을 옭아맬 수 없다면 자료들은 필요 없다. 무슨 말인지 잘 알겠지?"

"알겠다. 결정적인 것들만 추려서 건네도록 하겠다."

"후후, 좋아. 수고하라고."

"……."

유하는 제이든을 데리고 미국으로 향했다.

제7장
찰나의 여유

　늦은 오후, 유하가 한적한 공원에서 민아를 기다리고 있었다.

　"올 때가 다 되었는데……."

　원래 두 사람은 매일 같이 붙어살았기 때문에 밖에서 누가 누구를 기다리는 일이 좀처럼 없었다.

　하지만 오늘은 특별히 유하가 없는 시간을 쪼개어 만들어 낸 날이기 때문에 급작스럽게 일정이 잡힌 것이다.

　때문에 민아는 자신의 스케줄을 모두 다 소화하고 유하를 만나러 올 수밖에 없었다.

만약 유하가 일주일 전에만 이 사실을 통보해 주었다면 이렇게 그가 공원에서 민아를 기다리는 일은 없었을지도 모른다.

그러나 두 사람은 이 순간마저 새로운 설렘으로 다가왔다.

"그래, 언제나 붙어 있는데 이렇게라도 떨어져 서로를 기다리는 것도 괜찮군."

전문가들은 이혼 위기에 놓인 부부가 권태기를 극복하는 가장 좋은 방법 중에 하나로 초심으로 돌아가는 것을 권장하기도 한다.

한마디로 너무 오래 붙어 살다 보니 서로에게 다소 권태감을 느낀 것이고, 그것을 극복하기 위해선 마치 신혼처럼 서로 잠시 떨어져 지내면서 이따금 데이트를 즐기는 방법이었다.

이 기간에는 서로가 자신 스스로에게 조금 더 많은 시간을 투자하면서 본인을 꾸미고 가꾸어 마치 결혼 전의 모습을 찾아가도록 한다.

그렇게 하면 조금씩 옛 추억이 떠오르면서 권태기가 물러가고 다시 뜨거운 정열이 불타오른다는 이론이었다.

유하는 심리학자들의 말처럼 서로 떨어져 상대방을 기다리는 것은 또 다른 설렘으로 다가온다는 것을 절감했다.

그는 이대로 이 좋은 기회를 놓칠 수는 없다고 생각했다.

"그래, 언제 시간이 날지도 모를 일이고……."

이윽고 그는 민아에게 문자 한 통을 남겼다.

[갑자기 일이 생겨서 회사에 들어가 봐야 할 것 같아요. 먼저 식당으로 가 있어요. 금방 갈게요.]

유하는 그녀에게 문자 한 통만 덜렁 남긴 채 근처 시가지로 향했다.

유하는 홍익대학교 근처에 있는 젊음의 거리를 찾았다.

빠바바바밤—!

젊음의 거리에는 술 한 잔 걸치러 나온 학생들부터 클럽의 문화를 즐기기 위해 나온 젊은이들까지, 아주 다양한 사람들이 보였다.

유하는 그 인파를 뚫고 대학가 구석에 자리 잡고 있는 소품 가게로 향했다.

꽤나 큰 규모의 이곳은 클럽에서 사용하는 파티용품을 시작으로 프러포즈에 쓰이는 소품들까지 전부 다 구비가 되어 있었다.

한마디로 이벤트에 사용되는 모든 것들이 이곳에 집약되어 있다는 것이다.

유하는 오늘 자신이 계획한 이벤트에 사용될 물품을 구매하기 시작한다.

"바닥에 놓을 수 있으면서도 크기가 그리 작지 않은 초가 있습니까?"

"무엇에 사용하시게요?"

"연인에게 이벤트를 해줄 겁니다."

"아아, 그러시군요. 그럼 이쪽으로 오시지요."

그는 종업원을 따라 가게 안쪽에 있는 초 전용 칸에 당도했다.

이곳에는 물에 뜨는 초부터 향기와 색이 나는 초, 심지어는 소리가 나는 초까지 구비가 되어 있었다.

"이벤트를 하시는 장소가 어디시죠? 야외입니까?"

"야외부터 실내로 이어집니다."

"그렇다면 촛불이 꺼져선 안 되겠군요."

"물론입니다."

종업원은 유하에게 조금 특이하게 생긴 초를 권한다.

"이건 한 번 불이 붙으면 절대로 꺼지지 않는 초입니다. 오히려 바람이 불면 심지 안에 들어 있는 화약이 타들어가면서 불이 다시 붙지요. 만약 불을 끄시고 싶으시다면 바닥에 있는 이 심지를 꺼내서서 자르시면 됩니다. 물론, 초를 다 사용하시고 나면 심지만 잘라서 다시 사용하실 수도 있습니다."

"흠, 그래요?"

유하는 그가 권한 초와 향기가 은은하게 울려 퍼지는 초를 대량으로 구매했다.

형형색색의 빛깔이 인상적인 이 초들을 박스에 모두 구겨 담은 유하는 이내 2층으로 올라갔다.

이곳에는 각색의 인형들이 즐비해 있었고, 개중에는 인형처럼 생긴 디자인에 사람이 누워 잘 수 있는 초대형 쿠션도 있었다.

유하는 사람이 누워 잘 수 있는 쿠션과 그것과 비슷한 모양의 인형을 골랐다.

"이 쿠션은 물에 빨 수 있습니까?"

"물론입니다. 안에 특장을 넣어서 침대처럼 사용하실 수도 있고요."

"그럼 침대처럼 만들어주십시오. 시간은 얼마나 걸립니까?"

"지금 당장 끝납니다. 대략 10분만 기다려주시면 개조를 해드리겠습니다."

"알겠습니다."

아무리 쿠션이 좋아도 남녀가 사용하기엔 조금 무리가 있다는 것이 유하의 의견이었던 바, 그는 2중 스프링이 들어간 소프트매트를 안에 내장시켜 개조하기 시작했다.

위이이이잉!

그동안 유하는 1층 카운터로 내려가 물품을 미리 계산하고 선물로 줄 인형을 정성스럽게 포장했다.

휘리리리릭!

비록 미적 감각은 거의 테러 수준인 유하이지만 남들이 만들어놓은 방식을 카피하는 것쯤은 가능하다.

그는 인터넷에서 본 포장방법들을 모두 다 총 동원하여 포장을 마쳤다.

유하는 장미꽃 문양의 포장지에 리본을 묶었는데, 그 중간 매듭이 장미 모양이라서 배경과 잘 어울려 보였다.

"흠, 이 정도면 충분하겠지?"

그가 포장을 모두 다 마칠 쯤, 침대를 개조한 종업원이 유하에게로 다가온다.

"지금 가지고 가실 겁니까?"

"그렇긴 합니다만, 차가 좀 좁네요."

"괜찮습니다. 저희는 배송까지 무료로 해드리거든요. 주소지를 지정해 주시면 10분 간격으로 따라가겠습니다."

"알겠습니다."

유하는 그녀의 집 주소를 종업원에게 적어주곤, 이내 다음 장소로 이동했다.

*   *   *

유하는 민아의 집에 도착하자마자 계단에서부터 그녀의

집까지 닿는 공간을 모두 촛불로 가득 채우고 그 중간에 꽃가루를 뿌렸다.

이렇게 하면 야밤에 촛불이 일렁거리는 동안 꽃가루가 그 불빛을 받아 아름답게 빛나게 된다.

이벤트에 대한 지식은 없지만 과학시간에 배웠던 것들을 총동원한 유하는 일사불란하게 움직여 촛불과 꽃가루가 어우러진 꽃길을 만들어냈다.

이제 그는 그 꽃길을 집안까지 이어 자신이 사들인 침대와 인형이 들어가 있는 공간 주변에 하트 모양을 잡고 그 주변을 모두 촛불로 채웠다.

그리고 그 옆에는 무드 등을 설치하고 테이블에 와인과 치즈 등을 세팅하여 이벤트가 끝나고 나면 곧바로 술을 한 잔 마실 수 있도록 했다.

유하는 이 모든 작업을 펼치면서도 혹시나 불이 날 수도 있겠다 싶어 안전장치까지 만들었다.

딸깍, 딸깍—

그가 만들어낸 안전장치는 도깨비가 강림한 장승으로 집안 곳곳에 세우고 일정량 이상의 불이 번지게 되면 곧바로 작은 물보라가 일어나는 도력진을 만들어냈다.

이제 이곳은 불에 대해선 안전지대라고 할 수 있으며, 최소한 유하가 죽을 때까진 화재에 대해 안심할 수 있을 것이었다.

저녁 6시, 유하는 자신이 만들어낸 작품들을 바라보며 흐뭇하게 웃었다.

"후후, 그녀가 좋아하겠지?"

겉으론 완숙한 여성처럼 보이는 그녀이지만 가슴 속에는 소녀감성을 품고 있어 아기자기하고 귀여운 것들을 자꾸 수집했다.

평소에는 애교도 없고 교태도 잘 부리지 못하는 그녀이지만 그 감성은 뼛속까지 여자인 것이다.

아마 유하가 이렇게 로맨틱한 이벤트와 술자리까지 마련했으니, 최소한 기분이 좋아지긴 할 것이다.

"후후, 좋아. 이제 다름 코너로 이동해 볼까?"

그는 이제 광고회사로 향한다.

서울시내 전광판을 사용하는데 들어가는 돈은 생각보다 그리 크지가 않다.

하지만 일반인이 전광판으로 한 사람에게 이벤트를 해준다는 것 자체가 결코 쉬운 일은 아니었다.

강성그룹의 광고를 전담해주고 있는 광고기획사 '아침' 을 찾은 유하는 그들에게 서울시내 한복판에 있는 전광판을 사용할 수 있도록 부탁한다.

"대략 1분정도 걸릴 겁니다. 그 안에 모든 메시지를 담아서 마무리할 테니, 전광판을 좀 사용할 수 있게 해주십시오."

"흠…. 하지만 며칠 전에 미리 준비를 하셨다면 몰라도 지금 당장 스케줄을 빼는 것은 상당히 힘든 일입니다. 그 전광판에도 엄연히 순서라는 것이 존재하거든요."

"그래도 방법이 아주 없는 것은 아니지 않습니까"

"뭐, 그건 그렇지만……."

"부탁 좀 합시다. 앞으로 미국회사를 인수하게 되면 그 회사 역시 당신께 광고를 맡기겠습니다. 어떻게 좀 안 될까요?"

"미, 미국계 회사요?"

"네, 그렇습니다. 한국법인을 설립하게 되면 강성그룹과 함께 다시 광고를 기획해야 할 겁니다. 그 단가가 생각보다 높을 텐데, 욕심나지 않아요?"

"…할 수밖에 없게 만드는 재주가 있으시군요."

"그러니까 한 회사의 수장을 맡고 있지요. 어때요? 해주시겠습니까?"

광고기획사 아침의 대표이사 정인선은 어쩔 수 없다는 듯이 고개를 끄덕인다.

"좋습니다. 무리하더라도 한번 진행은 해보겠습니다. 하지만 명심할 것은 다른 광고보다 돈이 더 많이 들어간다는 겁니다. 그 점은 인지하고 계시죠?"

"돈은 얼마가 들어도 좋아요. 그러니 전광판에 내가 찍은 영상이 나갈 수 있도록 해줘요."

"알겠습니다. 그렇게 하지요."

정인선은 유하의 요구사항을 노트에 내려 적어 가더니, 이내 고개를 들어 그에게 물었다.

"그나저나 광고판은 어떻게 보게 만들 겁니까?"

"그거야……."

"방법은 있습니까?"

"…없군요."

그녀는 유하에게 민아가 가장 즐겨듣는 것이 무엇인지 물었다.

"그분께서 mp3를 자주 들으십니까, 아니면 라디오를 자주 들으십니까?"

"아마도 라디오를 자주 들을 겁니다. 이동 간에 세상의 소식을 지속적으로 접해 줘야 하거든요."

"흠…. 그렇다면 라디오를 사용하는 방법이 가장 좋을 것 같은데……."

순간, 유하의 머리에 좋은 아이디어가 스친다.

따악!

"그렇지! 좋은 방법이 하나 있습니다!"

"뭔가요?"

"그녀의 소속사에 있는 한 연기자가 라디오 DJ를 합니다.

아마 소속사 사장인 그녀는 연기자의 라디오를 계속해서 모니터링할 겁니다. 그렇게 되면 자연스럽게 사연도 함께 듣게 되겠죠."

"아아, 거기에 사연을 보내시겠다는 말씀이군요?"

"그렇습니다."

"좋아요. 그럼 회장님께선 라디오DJ라는 그 사람에게 전화를 걸어서 사정을 설명하십시오. 저희들은 제작해주신 영상을 띄울 수 있도록 조치하겠습니다."

"고맙습니다."

"별말씀을요. 악어와 악어새가 서로 돕지 않으면 누가 돕고 살겠습니까?"

이제 두 사람은 서로 갈라져 유하에게 필요한 작업에 착수했다.

*   *   *

저녁 6시 30분, 유하는 민아가 운영하는 회사에 소속되어 있는 연기자 추연화에게 전화를 걸었다.

추연화는 유하와 오디션프로그램에서 몇 번 마주친 적이 있기 때문에 안면이 있는 편이었다.

더군다나 민아의 연애에 대해서 상당히 깊은 관심을 가지고 있기 때문에 아마 유하가 부탁을 하면 당연히 들어줄 것이었다.

그녀는 온 동네 모든 사람들의 연애를 돕고 다니며 오작교를 놓는 이른바 '오지라퍼'로 불린다.

오지라퍼는 오지랖이 넓은 사람이라는 뜻을 가진 신조어로, 요즘 젊은 층에서 자주 사용되는 말이었다.

그만큼 그녀는 오지랖이 넓어 온 동네 참견하지 않는 곳이 없을 정도였다.

유하는 추연화에게 전화를 걸어 자신의 사정을 설명했다. 그러자, 그녀는 앞뒤 가리지 않고 그의 부탁을 들어주기로 했다.

―알겠어요! 그러니까, 회장님 이름과 나이를 공개하고 김민아 대표님에 대한 얘기를 내보내면 되는 것이지요?

"네, 그렇습니다. 반드시, 꼭! 내가 그녀의 위치를 확인해서 전광판 앞을 지날 때쯤에 방송을 내보내야 합니다! 하실 수 있겠어요?"

―후후, 맡겨만 줘요. 내가 누구예요? 이 동네 추 반장이에요. 추 반장이 못 하는 일이 있을 것 같아요?

"뭐, 그건 그렇죠. 아무튼 부탁 좀 하겠습니다. 이번 이벤트가 잘 되어야 나중에 해외에서 프러포즈를 할 때 유리할 것 같거든요."

―어머, 프러포즈를 할 건가요? 정말요?

"네, 그렇습니다. 그러니 이번 이벤트가 꼭 성공해야 합니다. 제 말 무슨 뜻인지 잘 아시겠죠?"

"물론이죠!"

오지랖 넓은 그녀에게 결혼에 관련된 일은 거의 목숨을 걸 정도로 중요한 일일 것이다.

그녀에겐 조금 미안한 일이지만 유하는 이것을 계기로 기회를 얻게 된 셈이었다.

*   *   *

저녁 일곱 시, 민아는 약속 장소가 갑자기 바뀌는 바람에 정체구간에 딱 걸리고 말았다.

"하필이면 이 시간에 약속 장소를 바꿀 것은 뭐람. 하여간……."

능력이 좋은 남자를 만나는 것이 싫지는 않지만 그녀에게 돈은 그다지 중요한 것이 아니었다.

아니, 오히려 적당히 바쁜 남자가 그녀에게 있어선 더 적격이라고 볼 수 있었다.

하지만 그녀가 사랑하는 남자는 이 모든 조건을 제외하고서라도 충분히 모든 것을 희생할 수 있을 정도로 사랑스럽다.

때문에 이렇게 바람을 맞고서도 순순히 그의 지시대로 움직이고 있었던 것이다.

그러나 그녀 역시 여자이기 때문에 가슴 속에 서운함이 깊숙하게 자리 잡은 것은 어쩔 수 없는 일이었다.

"피이… 그래도 그렇지, 나를 이렇게 바람 맞추는 경우가 어디에 있어?"

서운한 마음을 감출 길이 없던 가운데에서도 그녀는 자신이 요즘 한참 밀어주고 있는 추연희의 라디오프로그램을 시청하고 있다.

―…길이 참 많이 막힌데요! 여러분, 이럴 때일수록 짜증대신 사랑의 말을 나누는 것은 어떨까요?!

추연희 특유의 밝고 명랑한 목소리가 라디오에서 흘러나왔다.

그녀는 자신이 지시한 대로 스스로의 역량을 숨기지 않고 있는 그대로 전부 다 보여주고 있는 추연희의 목소리를 들으며 은은한 미소를 지었다.

"그래, 이런 것이 바로 연기자지. 연기할 때엔 천의 얼굴, 밖에선 일관된 자신의 얼굴. 이래야 진짜 배우라고 할 수 있지."

민아가 추구하는 최종적인 목표는 자신이 데리고 있는 연예인들이 전부 다 자유로운 사생활을 영유하면서 살아가는 것이다.

요즘 연예인들은 자신이 누구를 만나고 어떤 사람과 밥을 먹는지까지 전부 기자들에게 까발려지는 세상이다.

그 때문에 사소한 취미 생활하나 제대로 갖지 못하는 것이 현실이라고 할 수 있었다.

민아는 그런 그들을 자신이 지켜주고 사생활을 공개하고도 최대한 상처 없이 연예계 생활을 영유할 수 있도록 돕고 있다.

그 첫 번째 주자가 바로 추연희였던 것이다.

그녀는 자신의 활발하고 오지랖 넓은 성격을 그대로 다 드러내놓고 다니는 바람에 '추 반장'이라는 별명을 얻었다.

추연희가 얼마나 오지랖이 넓으냐면, 사람들이 실시간으로 문자를 보낸 사연을 가지고 급속 전화 연결을 추진한 적도 있었다.

라디오에선 앞에 밀려 있던 스케줄 때문에 애가 타는 상황이었으나 그녀는 아랑곳하지 않고 끝까지 두 사람을 이어주었다.

때문에 라디오에서 하차할 뻔했으나 여론들은 오히려 그런 그녀를 폭발적으로 지지했다.

하여, 지금 그녀는 라디오는 물론이고 지상파, 공중파, 가릴 것 없이 자꾸만 그녀를 섭외하기 시작했다.

연예인으로선 치명적일 수도 있는 원래의 성격을 시원하게 드러내놓은 바람에 오히려 예능계의 블루칩으로 떠오른 것이었다.

물론, 추연희는 연기도 잘하고 외모 또한 대한민국 최고로 손꼽히기 때문에 이런 오지랖들이 용서를 받았던 것이기도 하다. 하지만 그녀의 인성 자체가 상당히 훌륭하기 때문에 사람들은 그녀를 계속해서 지지해 주고 있었던 것이다.

민아는 그런 그녀의 방송을 사장으로서 듣는 것도 있지만 스스로 힐링을 받기 위해 듣기도 한다.

때문에 아무리 바빠도 그녀의 라디오 방송은 꼭 빼놓지 않고 챙겨 듣는 편이다.

유하가 펑크를 내버린 약속 때문에 무려 한 시간 반이나 걸리는 거리를 왕복해야 했던 민아다.

그녀는 이 서운함을 라디오로 풀어내고 있었다.

지이이잉—

[유하 씨.]

하지만 그 서운함이 가시기도 전에 그에게서 전화가 왔다.

"…쳇, 아직 화가 덜 풀렸는데 전화를 걸어?"

생각 같아선 전화를 받지 않고 싶지만 그래도 그의 목소리가 듣고 싶어지는 것은 어쩔 수 없는 일이었다.

그녀는 일단 전화를 받았다.

"…네."

—민아 씨? 지금 어딥니까?

"이제 막 서울역을 지나고 있죠."

―그렇군요. 차가 많이 막혀요?

"…네, 많이 막히네요."

―이런, 미안합니다. 내가 갑자기 일이 생기는 바람에 그렇게 되었어요.

"괜찮아요. 다 일 때문이잖아요……."

유하의 전화를 받으며 시계를 바라본 그녀, 약속시간이 벌써 두 시간 반이나 지나 있다.

그래서일까?

그녀는 불현듯 눈물이 흘러내리려는 것을 느꼈다.

"…아무튼 길이 너무 막혀서 전화를 못 받겠네요. 이만 끊을게요."

―민아 씨, 잠시만―

뚜욱.

이윽고 전화를 끊어버린 그녀는 왼쪽 눈에서 떨어진 눈물을 소매춤으로 스윽 닦아냈다.

"괜히 전화는 걸어서 사람 속을 상하게 만들어? 나빴어!"

이제 그녀는 속상함을 달래기 위해 추연희의 라디오 볼륨을 높였다.

―자, 그럼 다음 사연입니다. 서울 강남구에 사시는 신강남 씨가 보내신 사연입니다. 으음, 신강남 씨. 우리 회사와도 안

면이 있으신 분인데요… 이것 참, 우연이라고 해야 할까요?

순간, 그녀는 고개를 갸웃거린다.

"어라?"

조금 더 라디오에 귀를 기울인 그녀, 그렇게 바쁘다던 사람이 도대체 사연은 언제 보냈단 말인가?

슬슬 더 화가 나려던 순간이다.

"이, 이이이……!"

다시 만나면 아예 얼굴을 손톱으로 확 할퀴어 버리겠다고 마음먹는 그녀다.

하지만 그녀는 유하의 사연을 듣는 순간, 이내 마음이 조금 누그러질 수밖에 없었다.

―내가 사랑하는 민아 씨, 듣고 있습니까? 어머나, 사랑하는 민아 씨래! 여러분들, 참고로 이 민아 씨라는 사람이 저희 회사 사장님입니다! 놀라셨죠? 두 사람, 도대체 어디서 만나 이어진 것인지는 몰라도 일터에서 연애나 하다니! 혼나야겠어요?

"피이……."

이윽고 추연희는 계속해서 사연을 읽어나간다.

―요즘 내가 바쁘고 시간이 별로 없어서 밤에 잠이나 자는 것밖에 하는 것이 없네요. 더군다나 요즘은 예비 장인과 함께 프로젝트를 진행 중이라 집안에서조차 신경을 못 써주고 있는 것 같더군요. 괜히 쓸데없이 바쁜 저를 만나 고생이 많습

니다. 그럼에도 불구하고 저는 매일 미안하다는 말밖에 하지 못했더군요.

"……."

─민아 씨, 하지만 그래도 내가 당신을 사랑하는 것은 변하지 않습니다. 그리고 죽을 때까지 지켜주겠다는 약속, 절대로 저버리지 않을 겁니다.

그제야 그녀는 머리끝까지 올랐던 열이 서서히 식으면서 슬그머니 미소를 지었다.

"쳇, 하여간 사람을 들었다 놨다 한다니까!"

이젠 화가 났던 마음보다 사랑이 조금 더 많이 자리했던 그때를 이용하여 추연희는 계속해서 사연을 읽어 내려간다.

─아무튼 사랑하는 민아 씨, 목숨을 걸고 당신을 지키겠습니다. 다시 한 번 사랑합니다.

"…이런 팔불출 같으니, 이젠 사람들이 다 알겠네!"

괜히 혼자서 그에게 핀잔을 주었던 그녀에게 다시 한 번 사연이 들려온다.

─아참, 사장님! 회장님이 지금 당장 전광판을 보래요!

순간, 그녀는 자신도 모르게 왼쪽을 스치고 지나가던 전광판을 바라본다.

사설광고, 이 광고는 그 어떤 영리목적도 갖지 않았음을 알리는 바입니다. ―신강남.

그녀는 이 광고가 다름 아닌 유하가 직접 제작한 것이라는 것을 그리 어렵지 않게 알 수 있었다.

적어도 이 땅 대한민국에서 신강남이라는 이름을 이렇게 대외적으로 사용하는 사람은 그리 많지 않을 것이다.

또한, 라디오로 전광판을 바라보라고 했던 것도 아귀가 딱 딱 맞아떨어진다.

"……."

조금 감동을 받은 그녀, 그녀는 즉시 차를 갓길에 세워둔 채 전광판을 뚫어져라 쳐다본다.

팟!

짧은 글귀가 이어지고 난 후엔 곧바로 유하의 얼굴과 음성이 들려온다.

―민아 씨, 보입니까? 당신의 연인 유하입니다. 조금 놀랐죠? 사실, 오늘 저는 당신에게 이 말을 전하고 싶어서 한참을 고민했습니다. 매일 하는 말이지만 오늘은 새롭게 전하고 싶어서 조금 무리수를 두었지요. 아마 지금쯤 당신이 어떤 표정을 짓고 있을지는 사실, 잘 모르겠어요. 하지만 나는 이렇게 공개적으로 당신께 말하고 싶습니다. 민아 씨, 앞으로 우리에게 무슨 일이 닥칠지 아무도 모릅니다. 아무리 열심히 사는 우리 두 사람이지

만, 앞일이 어떻게 꼬여 좌천될지도 모르고요. 하지만 이것 하나만은 확실합니다. 나는 당신의 우산이 되어줄 자신이 있고, 당신 역시 내 우산이 되어줄 것이라는 사실 말입니다. 민아 씨, 매일 하는 말이지만 오늘은 조금 다르게 전하고 싶군요. 진심으로 사랑하고 열렬히 사모합니다. 죽을 때까지 사랑합시다.

대략 30초에서 40초가량 되는 영상이 끝나고 나자, 그녀에게 남기는 유하의 추신이 이어진다.

—지금 소월로에서 한남동으로 가는 길목이 한산하답니다. 차라리 집에서 봐요. 사랑합니다!

"……."

미소를 띤 그녀, 그녀의 눈에선 한 줄기 눈물이 흘러내린다.

"…바보, 바보……."

눈물로 범벅이 되어버린 그녀는 재빨리 차를 돌려 한남동에 위치한 자신의 집으로 향한다.

＊　　＊　　＊

저녁 8시 30분, 민아가 사는 자택 앞에는 촛불과 꽃가루가 수놓아져 있었다.

오늘은 바람이 조금 불긴 했으나 어차피 꺼지지 않는 촛불이니 크게 상관은 없을 터였다.

유하는 그녀가 오는 길목에 숨어 계획에 착착 잘 진행되는지 지켜보고 있었다.

부아아아앙, 끼익!

엔진에 김이 날 정도로 빨리 달려온 그녀는 허겁지겁 차에서 내렸다.

"……."

그러나 자신의 앞에 수놓아진 촛불을 바라보곤 이내 그 자리에 딱딱히 굳어버리고 말았다.

유하는 그런 그녀에게로 슬그머니 다가와 말했다.

"민아 씨, 이제 옵니까? 한참 기다렸네."

"……."

그녀는 아무런 말없이 유하의 손을 잡았다.

유하는 그런 그녀를 꽉 끌어안고 귓전을 간신히 맴돌 정도로 작게 속삭였다.

"오늘 많이 속상했죠? 감동을 주려다 보니 너무 억지스럽게 상황을 만들어버린 것 같군요. 하지만 이렇게 다시 만났으니 된 거죠. 그렇죠?"

"…바보!"

그녀는 유하의 가슴팍과 옆구리를 마구 쳤고, 그는 실소를 흘리며 몸을 숙인다.

"어이쿠! 나 죽네!"

"더 맞아요! 어차피 유하 씨는 싸움도 잘 하잖아요?!"

"하하, 그래도 남편이 될 사람을 이렇게 이 잡듯이 잡으면 어떻게 합니까? 장가가기도 전에 죽겠네."

"바보!"

몇 차례 솜방망이질을 한 그녀가 이내 유하의 허리를 꼭 끌어안았다.

"…걱정했잖아요. 무슨 일이 있는 줄 알고."

"하하, 그럴 일이 뭐 있습니까? 그렇게 부하들이 많은데."

이윽고 유하는 그녀를 데리고 집 안으로 향한다.

"자, 갑시다."

"어디를요?"

"배가 고프니까 일단 좀 먹어야 할 것 아닙니까?"

"알겠어요."

유하는 그녀를 데리고 계단을 천천히 오르기 시작했다.

그러자, 계단을 수놓고 있던 촛불이 일렁거리면서 꽃가루가 화려한 빛을 뿜어낸다.

좌라라락!

"어머나…. 이걸 다 혼자 준비했어요?"

"뭐, 그리 힘든 일은 아니었습니다. 다만, 내가 미적 감각이 워낙 떨어져서 말입니다."

"아니요, 정말 아름다워요!"

"하하, 그렇게 봐주신다면 고맙죠."

그녀의 손을 잡은 유하는 먼저 문을 열고 그녀를 들어가도록 했다.

"자, 들어가 봐요."

"먼저 들어가요?"

"네."

유하보다 먼저 방으로 들어간 그녀는 그가 만들어놓은 거대하트와 인형 등을 바라보며 감동에 젖어든다.

"어머! 이게 다 뭐야?! 귀여워!"

"하하, 마음에 들어요? 당신 핸드폰에 붙어 있는 그림과 같은 녀석으로 골랐습니다. 이제 이 위에서 잡시다."

"고마워요!"

그녀는 유하의 목을 꽉 끌어안고 자신의 얼굴을 마구 부비며 고마움을 표시한다.

"정말 고마워요! 역시 당신밖에 없어요!"

"하하, 마음에 든다니 다행입니다."

이제 유하는 대학인력소에서 구한 사람들에게 전화를 걸어 바깥에 있던 양초를 모두 수거해 달라고 전화했다.

"이제 치워주시면 됩니다."

─알겠습니다.

인력소장에게 돈을 넉넉히 주었으니, 아마 대학생들은 흔적도 없이 저 앞을 깔끔히 마무리할 것이다.

　유하는 그녀를 자신이 직접 만든 스테이크 정식 테이블 앞으로 데리고 간다.

　"바깥은 마무리되었습니다. 이제 우리 둘만 남은 셈이죠. 일단 식사 먼저 하면서……."

　부드럽게 그녀를 리드하던 유하는 화끈하게 돌변한 그녀를 발견할 수 있었다.

　"…아니요, 그보다 먼저 할 것이 있어요."

　"미, 민아 씨?"

　"이리 와요!'

　"허, 허억!'

　그녀는 유하를 거칠게 밀어 새로 산 침대에 눕혔다.

　"자, 잠깐만요! 아, 아직 식사 전이라서……."

　"쉿! 조용히 해요."

　"어, 어어…!'

　그날, 유하는 태어나 처음으로 황홀경이 무엇인지 깨닫게 되었다.

제8장
격전

　미국 뉴욕에 위치한 유비튼 투자신탁의 본사.

　딩동!

　이곳의 가장 최상층에 위치한 최고 간부 집무실로 대주주 제이든이 모습을 드러낸다.

　"어서 오십시오."

　"오랜만이군."

　"그동안 안녕히 계셨는지요?"

　"뭐, 사람이 사는 모습이 다 거기서 거기지. 회장님 안에 계신가?"

"예, 그렇습니다."

"알겠네."

이윽고 그는 유비튼 투자신탁의 회장인 에밀 라빈을 찾았다.

똑똑.

"네, 들어오세요."

"잘 계셨나?"

"아아, 이게 누구야? 제이든 아닌가?"

"오랜만이군."

"그러게 말이야. 요즘 통 얼굴이 안 보여서 무슨 일이라도 생긴 줄 알았다네. 왜 그렇게 바빠? 무슨 일이라도 있었어?"

"무슨 일이 없으면 사람이 어떻게 사나? 그냥 소소한 가족 행사 때문에 그런 거야. 아무런 신경 쓰지 마."

"그렇다면 다행이고."

제이든은 자신의 친구이자 회장인 에밀에게 물었다.

"그나저나 요즘 OK그룹에선 별말 없나?"

"OK그룹? 갑자기 그들 얘기는 왜 꺼내는 건가?"

"사실은 저번에 내가 낸 상납금이 생각보다 적지 않았나? 그 때문에 나에게 문책이 돌아오지 않을까 싶어서 말이야."

"아아, 그런 일이 있었지. 하지만 걱정하지 말게. 내 선에서 알아서 다 처리했어."

"고맙네! 요즘 내 사업이 워낙 주춤해서 자금 사정이 좋지 않았어. 조만간 다시 일어서서 이 빚을 다 갚겠네."

"후후, 부디 그래주게. 나도 요즘 힘들어 죽을 지경이거든. OK그룹에서 워낙 우리들을 쪼아대다 보니 숨 쉴 구멍이 없어. 이러다가 신경쇠약으로 죽어버리는 것 아닌가 싶을 정도라니까."

"그렇군……."

"만약 할 수만 있다면 독립을 하고 싶을 정도라네."

제이든은 에밀이 평소에 OK그룹을 그다지 달가워하지 않고 있었다는 사실을 이미 알고 있었다.

그는 아주 조용한 목소리로 말했다.

"자네, 혹시 나와 함께 일 하나 따로 하지 않겠나?"

"일?"

"잘하면 OK그룹 치하에서……."

순간, 에밀이 제이든의 입을 막는다.

"……!"

"쉿!"

그는 제이든의 입을 황급히 막으면서 한 손으로 글귀를 써 내려간다.

'사방에 보는 눈이 있다. 적당한 호박씨는 괜찮지만 대놓고 저들을 씹었다간 죽는 수가 있어.'

"……"

그제야 그는 살며시 고개를 끄덕이며 다른 주제로 대화를 돌려버린다.

"하하, 잘하면 OK그룹에 납입할 돈을 마련할 수 있을 것 같은데 말이야."

"후후, 그래?"

"오늘 시간이 괜찮다면 나와 한잔 함께하지 않겠나?"

"좋지!"

두 사람은 눈으로 대화를 나눈 후, 각자의 자리로 돌아갔다.

*　　　*　　　*

뉴욕 브룩클린 뒷골목에 위치한 작은 선술집으로 에밀과 제이든이 모여들었다.

두 사람은 자신들이 어려운 시절에 자주 마셨던 싸구려 테킬라를 마시며 대화를 나누고 있다.

꿀꺽!

"크흐! 쓰군!"

"도대체 젊은 날엔 이런 술을 어떻게 마셨는지 모르겠군."

"후후, 그래? 난 아직도 이 술이 꽤 마실 만하다고 생각하는데 말이야. 자네는 아니었나보군?"

"뭐, 말이 그렇다는 것이고."

이윽고 에밀은 술잔을 내려놓고 주머니에서 소형 금속탐지기를 꺼냈다.

"잠시 팔을 좀 들어봐."

"뭐하는 거야?"

"안마를 좀 해주려고."

"뭐, 뭐?"

그는 눈짓으로 그에게 언질을 준 후, 소용금속탐지기를 몸에 가져다 댔다.

그리고 에밀은 제이든의 온몸을 구석구석 뒤지더니, 이내 쇠붙이가 들어 있다고 예상되는 지점을 뒤적거렸다.

그러자, 라이터와 지갑, 핸드폰 등이 쏟아져 나왔다.

"이, 이봐······."

'안전을 기하기 위해서 그러는 거야. 그러니 조금만 기다려줘.'

에밀은 그의 온몸을 뒤적거리다가 이내 한 지점에 멈추어 선다.

삐이익, 삐이이익—

"어, 어라?"

"여기가 좋지 않은 모양이군."

그는 제이든의 허벅지에 수지침을 가져다대며 말했다.

"혹시 요즘 유행하고 있는 전자극 수지침이라고 들어봤나?"

"전자극 수지침?"

"한의학에서 자주 사용하는 건데, 요즘은 재활의학에서도 사용하더군."

이윽고 그는 적당한 전압이 흐르는 기계에 수지침을 꽂은 후, 이내 제이든의 허벅지를 찔렀다.

푸욱!

"으, 으윽!"

"조금 찌릿할 거야. 아픈 감이 없지 않아 있을 것이고."

"마, 많이 찌릿한데?"

"몸이 안 좋아서 그래. 조금만 참아."

잠시 후, 그는 전자극을 세게 올려버린다.

치지지지직, 팟!

"크헉!"

"됐군. 이제 도청기가 제 역할을 하지 못 할 걸세."

"도청기?"

"자네, 혹시 OK그룹에서 심어놓은 도청기가 있다는 사실을 인지하지 못하고 있었나?"

"도, 도청기? 그건 이미 빼낸 상태였는데……."

"아마도 며칠 전, 자네가 미국으로 돌아왔을 때에 누군가 잠입을 했겠지. 얼마 전에 공항입국심사대를 통과할 때에 수색을 받지 않았었나?"

"아, 맞아! 그때 무사통과가 되었었지."

"요즘처럼 테러에 대한 공포가 극에 달한 시점에서 공항 수색대를 무사히 넘겼다는 것은 100% 신뢰할 만한 일이야. 그런데도 불구하고 이런 물건이 나왔다는 것, 아무래도 누군 가 새롭게 몸에 이것을 심었다는 소리겠지."

"흠……."

가만히 생각에 잠긴 제이든, 그러다 그는 불현듯 한 사람을 떠올린다.

"자, 잠깐! 짐작이 가는 사람이 한 명 있어……."

"그게 누군가?"

"내가 자주 다니는 병원일세."

"병원?"

"우리 집은 아무리 대단한 도둑놈이 떼로 몰려와도 절대 보안을 뚫을 수 없어. 만약 누군가 내 몸에 도청기를 심었다 면 바로 그 병원이겠지."

"흠……."

"OK그룹 이 개새끼들! 심지어 내가 다니는 병원에까지 프 락치를 심어놓았군!"

"아직 속단하기는 이르지만 아무래도 저쪽에선 이미 우리를 갈아치우기 위해 작업을 하고 있는 것이 아닌가 싶어. 얼마 전에 태상그룹이 신강남에게 흡수되면서 영외그룹에 대한 신뢰도가 많이 떨어졌잖아? 그래서 우리까지 물갈이를 시키려는 것 같아."

"…개자식들이군!"

제이든은 그에게 단도직입적으로 물었다.

"자네, 혹시 나와 함께 OK그룹의 치하에서 벗어나 볼 생각 없나?"

"그들의 치하에서 벗어난다?"

"나는 그들에게 대항할 수 있는 가장 큰 세력과 화친했다네."

"흠… 그게 누구기에 자네가 이런 소리까지 하는 건가?"

"믿을 만해. 다른 것은 몰라도 우리가 다치지 않도록 손을 쓸 수는 있을 거야."

에밀은 제이든의 말을 한 번 들어보기로 한다.

"좋아, 말이나 한 번 들어보지. 그게 누군가?"

"강남그룹 회장 신강남일세."

순간, 에밀이 마시던 술을 내뿜는다.

"푸웁! 뭐, 뭐라고?! 지금 자네 뭐라고 했나?!"

"말 그대로일세. 나는 지금 신강남과 손을 잡았어. 만약 그

가 가진 조직력과 인력이라면 충분히 OK그룹을 무너뜨리고
도 남아."

"하지만 무려 OK그룹일세! 그들이 어떤 놈들과 손을 잡았
는지 알 수가 없다는 소리지!"

"그러나 우리에겐 그들의 가장 추악한 과거가 있잖나?"

"…그게 무슨 소리인가?"

"지금까지 우리가 그들에게 해주었던 비자금들 말일세. 그
것을 폭로해 버리자고."

에밀은 고개를 가로저었다.

"아니, 그건 안 될 소리일세. 만약 우리가 그 사건을 모두
다 공표해 버리면 너무 많은 사람들이 다쳐."

"하지만 다칠지언정, 죽는 사람은 없을 거야."

"……"

제이든은 그의 어깨에 손을 올리며 말했다.

"에밀, 한번 생각해 보게. 자네와 내가 걸어왔던 길을 말일
세. 우리의 어린 시절, 과연 어떻게 생존했는지 말이야. 우리
는 그때, 쓰레기통을 뒤져가며 살아왔다네. 설마하니 그때로
다시 돌아가고 싶은 것은 아니겠지?"

"그러나 그건 너무 위험한 일일세! 차라리 우리 그룹에서
수위로 전락하는 한이 있어도 그건 안 될 소리란 말이야!"

그는 고개를 가로저었다.

"그래, 만약 우리가 운이 좋아서 살아남는다 치세. 그렇다고 저들이 우리를 가만히 내버려 둘 것 같아? 자네와 나는 영원한 눈엣가시야. 우리가 살아 있는 한 저들은 안심하고 살아갈 수가 없다는 뜻이지."

"흠……."

"임경필은 우리를 결코 살려 두지 않을 걸세. 그건 자네도 잘 아는 사실 아닌가?"

임경필은 원래 건달 출신으로 손속이 잔혹한 사람으로 그 악명이 자자한 사람이었다.

그는 손수 사람을 죽여 매장을 시킬 정도로 거칠 것이 없는 사람에다 자신의 눈에 거슬리는 사람은 결코 살려두는 법이 없었다.

그런 그가 지금 이 상황에서 두 사람을 살려주리란 보장은 결코 없었다.

왜냐하면 이미 유하가 태상그룹을 차지하면서 일련의 정보들을 습득했기 때문이었다.

이제 그는 자신의 어둠과 관련된 사람들은 전부 숙청하려 칼을 들 것이 뻔했다.

"함께하세. 그와 함께라면 우리는 죽지 않아."

"후우…. 확률이 낮은 게임에 배팅하라니, 이것 참……."

"하지만 이 게임에서 이기게 된다면 결코 손해 볼 일은 없을 것 아닌가?"

"흠…….."

깊은 고민에 빠져 있던 에밀은 이내 고개를 끄덕였다.

"좋아, 자네를 따르기로 하지."

"저, 정말인가?!"

"내가 뭘 어떻게 해주면 되겠나?"

그는 유하가 원하는 것을 그대로 전달했다.

"OK그룹이 우리를 통해 비자금을 조성했다는 사실을 입증할 만한 증거들을 수집하게. 그리고 그 일이 끝남과 동시에 신강남이 마련한 안전 가옥으로 가족들을 데리고 피신해. 그렇게 된다면 모든 일이 잘 풀릴 거야."

"알겠네. 그렇게 하도록 하지."

두 사람은 서로 술잔을 나누어 마셨다.

*　　　　*　　　　*

다음 날, 유하는 자신에게 투항하겠다며 맨몸으로 찾아온 에밀을 바라보고 있다.

"네가 나에게 투항했다는 사실을 어떻게 입증할 거지?"

"…각서를 쓰겠소. 그리고 영상을 찍어서 만약 내가 거짓말을 했다면, 그 영상을 경찰에 넘기시오. 그럼 될 것 아니오?"

"흠, 그래. 한번 믿어보기로 하지."

유하는 그에게 OK그룹이 요즘 비자금을 챙기는 루트에 대해서 물었다.

"임경필은 요즘 어떤 구멍으로 돈을 처먹고 있나?"

"암흑가에서 손을 서서히 떼기 시작했으나, 그래도 여전히 우리는 총으로 돈을 벌어. 주로 M&A와 같은 고부가가치 사업에 손을 대어 이윤을 창출하지."

"대부분은 그들을 협박하여 부당이득을 챙기게 되겠군?"

"그들이 요구하는 돈은 무려 열 배에 달한다. 그 돈을 채우자면 일반적인 기업 몇 개로는 성에 차지 않아. 그래서 어쩔 수 없이 우리 조직력을 동원하여 일반기업을 협박해서 지분을 뜯어내는 수밖에 답이 없어."

"어쩔 수 없이 도적질에 손을 댄 셈이로군."

"그렇다고 볼 수 있지."

유하는 그에게 검찰에서 기소증거자료로 사용할 수 있도록 자료를 정형화해서 건넬 것을 지시한다.

"이 회사는 세상에 없는 회사가 되어야 해. 조직원들은 전부 남미로 넘어가서 당분간 숨어 지내도록 해. 내가 다시 조직을 회복시킬 수 있도록 돈을 마련해 줄 테니까 폭풍을 피하는 것이다."

"하지만 그들이 과연 가만히 있을까?"

"물론 가만히 있지 않겠지. 하지만 이미 임경필은 나에게 조직을 빼앗겼다. 남은 것은 잘해 봐야 검사들 몇 명과 형사들뿐이야. 아무리 그에게 국회의원이 있다곤 해도 해외에서 비자금을 조성해서 감옥에 들어간다면, 그를 빼줄 수 있을까?"

"흠, 그건 그렇군."

"그리고 또 한 가지 나에게 방책이 있다."

"그게 뭔가?"

유하는 그에게 임경필이 자신의 아버지에게서 주식을 빼돌리고 사기를 쳐 노숙자로 전락시킨 것을 증명하는 자료들을 내밀었다.

"원래 OK그룹은 내가 물려받아야 마땅하다. 그 이유에 대해선 당신도 잘 알겠지?"

"…이건 그의 아킬레스건이나 마찬가지군! 헌데 이 모든 것을 증명해 낼 수 있겠나?"

"물론이다. 나는 이 모든 사안들을 직접 조사하면서 관련된 증인들을 소집해놓았어. 아마 그들은 내가 손만 살짝 들어도 오줌을 지릴 정도로 덜덜 떨고 있을 것이다."

"그렇다면야……."

"어때, 나와 함께하겠어?"

유하의 제안에 그는 흔쾌히 고개를 끄덕인다.

"좋다. 네가 나에게 미래를 약속한다면 법정에서 증인으로 나설 생각도 있어."

"목숨이 아깝다면서?"

"어차피 놈이 감옥에 가지 않으면 내 미래는 없다. 그럴 바엔 차라리 목숨을 걸겠어."

"후후, 역시. 한 조직의 수장이라는 사람은 아무렇게나 만들어지는 것이 아니지."

"잘 아는군."

이제 유하는 그에게 악수를 건넸다.

"우리는 운명공동체다. 서로 피차 배신하는 일이 없어야 할 것이다."

"당연한 소리."

유하는 그에게 안전 가옥의 주소와 스마트키를 건넸다.

"가족들을 모두 이곳으로 피신시켜. 나의 가족들 역시 이곳에 머물고 있다. 이곳은 경찰에서도 그 위치를 찾을 수 없을 정도로 오지야. 거기에 지하벙커 형태로 되어 있어 그 어떤 누구도 쳐들어올 수도 없지."

"그런 구역을 잘도 찾아냈군?"

"한국은 전쟁국가다. 그런 벙커 하나쯤은 마련할 수 있어."

"그렇군."

유하는 그에게 스마트키를 건넨 순간부터 한 배를 탄 것임을 인지한다.

"빈틈이 있어선 안 된다. 알겠지?"

"물론이다."

이제 두 사람은 가족들을 강원도 양구에 있는 한 안전 가옥으로 옮기기 시작했다.

*   *   *

유하는 늦은 밤까지 두 동생들의 짐을 챙기고 있다.

"오빠, 정말 이렇게까지 해야 해? 도대체 누가 우리를 잡으러 올 수도 있다는 거야?"

"자세한 것은 나중에 이 오빠가 알아서 다 설명할게. 그러니까 일단 짐부터 싸."

"…싫어! 요즘 오빠, 깡패들과 어울려 다니더니 이젠 깡패들 무서워서 우리를 다른 곳으로 보내려고? 난 가기 싫어!"

"유나야……."

"가려거든 혼자 가! 난 안 가!"

"…오빠 말 좀 들어. 내가 너희들에게 괜히 이런 소리를 하겠어? 안 그래?"

"그래도 싫어!"

유하는 짐을 챙기다말고 잠시 그 손을 멈춘다.

"좋아, 그럼 거두절미하고 너희들이 왜 이곳을 떠야 하는지 알려줄게."

"그게 뭔데? 도대체 무슨 이유인데?"

"아버지의 복수야."

"아버지?"

그는 유채에게 부모님에 대해 물었다.

"유채야, 우리 부모님께선 어떻게 돌아가셨지?"

"엄마는 행방불명이고 아빠는 집을 나가서 소식이 없다가 돌아가셨어……."

"그래, 맞아. 부모님은 다 집을 나가셨지. 하지만 그것은 어쩔 수 없는 선택이었다. 왜냐하면 임경필이라는 사람이 우리 집을 아예 범죄자 집안에 빚쟁이로 만들어 버렸거든."

"이, 임경필?! 임경필이라면 OK그룹 임경필?!"

"그래, 꽤나 유명한 사람이지. 그 사람은 원래 아버지의 밑에서 회사나 관리하던 사람이다. 하지만 아버지는 그가 건달에다가 사기꾼이라는 사실을 까마득히 모르고 계셨지. 그래서 사기를 당하셨고, 우리 집안은 이렇게까지 풍비박산이 났던 거야."

"……."

"알겠어? 내가 왜 요즘 깡패들을 모으고 다니는지?"

"…깡패들을 없애기 위해 깡패들과 어울려 다녔던 것이구나?"

"그래, 하지만 이제 저들은 깡패가 아니야. 나와 함께 일하는 엄연한 임직원일 뿐이지."

두 동생은 그제야 유하가 왜 이런 행동을 했는지 전부 이해가 되는 것 같았다.

"…그럼 언제쯤 다시 돌아와?"

"대략 한 달 정도면 일이 모두 마무리될 거야. 어차피 그때까진 겨울방학이니까 유나, 너도 별 부담은 없겠지. 만약 그것도 안 된다면 양구로 잠시 전학을 가도 괜찮고. 다시 강남으로 돌아오는 것은 오빠가 책임지고 성사시켜 줄게."

"알겠어……."

유하는 동생들을 끌어안았다.

"이제 거의 다 왔다. 우리가 더 이상 부모님 없는 세상에서 배곯지 않고 살아도 된다는 소리야."

"알겠어, 오빠. 우리는 오빠만 믿을게."

"그래, 고맙다."

"대신 하나만 약속해 줘. 만약 위험할 것 같은 상황이 온다면 곧바로 피하겠다고."

"후후, 그래. 알겠다."

유하는 그녀들을 데리고 양구의 인적 드문 산골로 향했다.

양구의 한 시골마을, 이곳은 이미 10년 전에 폐허로 변하여 아무도 살지 않는 곳이었다.

워낙 이촌향도 현상이 팽배했던 1900년대 중후반과 후반이었기 때문에 젊은 사람들은 이미 다 떠나고 남아 있지 않았다.

게다가 원래 이곳에 살던 노인들은 모두 나이가 차서 늙어 죽는 바람에 남은 사람이 전혀 없었다.

때문에 이곳에 지하벙커를 짓고 사람이 드나드는 것을 아는 이는 전혀 없었다고 볼 수 있었다.

유하는 동생들을 벙커에 집어넣고 그 앞에 자라를 데려다 놓았다.

―끼룩, 끼룩.

"내 동생들을 잘 부탁한다. 만약 누군가 내 동생들을 공격하려 한다면 그냥 잡아먹어버려. 알겠지?"

쉬이이익―!

이제 거의 다 성체로 자라난 자라는 사실상 현대과학으로는 죽일 수 있는 방법이 없는 존재가 되어버렸다.

그나마 유하의 힘이 예전으로 서서히 돌아가고 있기에 망정이지, 만약 이대로 그가 죽어버린다면 녀석을 감당할 존재는 아마 없을 것이다.

유하는 녀석의 머리를 쓰다듬으며 말했다.

"유채와 유나는 네 가족이야. 가족은 소중한 거다. 잘 알고 있지?"

끼룩!

"그래, 좋아. 조만간 이 형이 다시 돌아와 맛있는 것을 잔뜩 줄게. 그때까지 네 가족들을 잘 돌봐."

—끼룩, 끼룩!

이윽고 유하는 현운을 소환시켰다.

"현운!"

뭉게뭉게—!

현운은 자라가 무럭무럭 성장하는 만큼 그에 맞춰 성장하여 지금은 초강력 태풍을 불러일으키고 토네이도로 한 지역을 초토화시킬 수 있을 정도의 능력을 가지고 있었다.

만약 여기에 유하의 도력이 조금만 섞인다면 한여름에 극지방의 블리자드까지 일으킬 수 있는 존재가 되었던 것이다.

그는 현운에 몸을 싣고 서울로 향한다.

"가자."

뭉게뭉게—!

현운은 자신의 주인인 유하를 싣고 마하의 속도로 날아가기 시작했다.

한가로운 주말, 유하는 자신이 보유하고 있던 증인들을 전부 다 동원했다.

우선, 정철수와 김운채를 불러들였고 그 뒤를 이어서 사채업자 김선일까지 불러들였다.

그들은 이미 유하가 얼마나 위험한 사람인지 너무나도 잘 알고 있었기 때문에 허튼 수작일랑 아예 부릴 생각조차 하지 못하고 있었다.

더군다나 유하는 그들에게 조금 특별한 도술을 부려놓았다.

만약 그들이 유하의 말에 반항하거나 거짓을 진술하게 되면 뇌에 심어져 있던 도력진이 이상 현상을 일으키면서 극심한 고통을 수반하는 환영이 보이게 되는 것이었다.

유하는 그들의 뇌리에 각인되어 있던 도력진의 위치를 손가락으로 가리키며 말했다.

"자, 내가 하는 말을 잘 들어라. 너희들은 이제부터 거짓말을 할 수 없는 몸이 되었다."

"거짓을 말하지 못한다는 것은……."

"예를 들어주지. 어이, 너!"

"예, 예?"

"나를 존경하나?"

"무, 물론입니다!"

김선일은 유하에게 즉시 거짓말을 했고, 그는 유하가 걸어 두었던 도력진이 이상 현상을 일으켜 발작에 빠져들기 시작한다.

두근, 두근!

"어, 어허헉?!"

"어때? 가슴이 두근거리고 혈류가 빨리 도는 것 같지?"

"끄아아아악!"

그는 얼굴이 새빨개져 코와 눈에서 피를 마구 흘리기 시작한다.

"커헉, 커헉!"

"사람은 모두 혈 자리가 있다. 이놈은 성욕을 자극하는 혈 자리가 뇌를 눌러버리면서 극심한 성욕에 시달리게 되었다. 헌데, 만약 지금 이놈이 성욕을 해결하지 못하면 어떻게 되느냐? 온몸에서 피를 뿜으며 죽게 된다."

잠시 후, 그는 정말로 온몸에서 피를 쏟아내며 괴성을 질러댄다.

"끄웨에에에엑!"

"……!"

하지만 놀라운 것은 그의 중요부위가 아주 **빳빳**하게 고개를 쳐들고 있는데다, 그곳에선 피가 아닌 다른 액체가 조금씩 흘러나오고 있다는 것이었다.

"저게 무슨 현상인지 색을 유난히도 많이 탐했던 너희들은 아주 잘 알 것이다."

"……"

"극심한 성욕, 그로 인해 물건이 빳빳하게 굳어버린 것이지. 지금 만약 저 욕구를 해결하지 못하면 그대로 죽을 것이다. 만약 이때 사람이 아닌 다른 것을 가져다준다고 해도……."

"……?!"

바로 그때, 유하는 자신의 곁에 있던 상자의 문을 열어 그 안에 들어 있던 개를 한 마리 꺼냈다.

"헥헥……"

"이건 암캐다. 물론 생식기가 달려 있지."

"서, 설마?!"

"아마 저놈은 암캐고 뭐고 암컷이면 다 좋다고 달려들 것이다. 잘 봐라."

유하는 그의 앞에 통을 가져다주었고, 그는 개가 내뿜는 페르몬에 자극되어 미친 듯이 성을 갈구한다.

"크악, 크악! 이리와! 나 좀 살려줘!"

"……"

"저렇게 되는 것이다. 잘 알겠나?"

"…예."

이제 유하는 그의 뇌에서 도력을 살며시 거두어냈고, 그로 인해 김선일은 다시 정상으로 돌아왔다.

"허억, 허억……."

"너도 조심해라. 잘 알겠지? 나에게 반항하면 어떻게 되는 지 말이야."

"…절대 그럴 일 없을 겁니다! 정말입니다!"

유하는 이제 슬슬 복수의 칼날을 완성시켜 가고 있었다.

*   *   *

미국에 포진하고 있었던 유하의 조직원들이 한국으로 입국함과 동시에 OK그룹의 비자금 파일을 가진 제이든이 한국으로 귀국했다.

유하는 그에게 받아든 비자금 파일을 가지고 검찰청과 직접 접촉할 기회를 엿보고 있었다.

그동안 연지훈과 지헌수는 유하를 치기 위해 세력을 응집시킬 임경필의 고육지책에 대비하여 병력을 배분했다.

당분간 그들이 운영하는 업소의 문을 모두 닫고 오로지 앞으로 벌어질 전쟁에 대비하고 있었던 것이다.

유하는 이제 자신이 마련한 증인들과 증거들을 가지고 검찰과 접촉을 시도했다.

서울 역삼동에 위치한 작은 식당, 이곳은 소고기 국밥과 순대를 전문으로 파는 곳이다.

아는 사람만 아는 이곳은 뒷골목 맛집으로 유명하지만, 찾아오는 사람은 그리 많지가 않았다.

유하는 이곳에서 감우식 차장과 접선할 수 있었다.

정미주는 자신이 자금을 관리해주던 사람들에게 수소문하여 서울중앙지검 감우식 차장검사를 섭외했던 것이다.

그는 최근 이제 곧 임기가 다 되어가는 검찰총장과 서울중앙지검장의 교체로 인해 검사장 진급을 준비하고 있었다.

그러자면 아주 굵직한 사건이 필요했고, 때마침 유하의 OK그룹 비리와 그 일가를 단번에 숙청시킬 수 있는 사건을 만나게 된 것이었다.

감우식은 유하가 내민 증거들과 그에 관련된 증인들을 바라보며 물었다.

"이 모든 것이 사실입니까?"

"물론입니다. 저희들의 목숨을 걸고 증언할 수 있습니다."

"흠…. 이 모든 증언들을 뒷받침할 증거도 확보가 되었고, 이제 무서울 것은 없군요."

"예, 그렇습니다."

"…하지만 문제가 하나 있어요."

"그게 뭡니까?"

"잘못하면 정부에서 이 모든 사안들을 아예 덮어버리려 손을 쓸 수도 있다는 겁니다."

"그런……."

"만약 일이 잘못 꼬인다면 우리는 다 죽어요."

유하의 곁에 앉아 있던 정미주는 그에게 자신이 비축해두었던 비장의 카드를 꺼내어든다.

"차장님, 혹시 정수만 의원에 대해 아십니까?"

"정수만 의원이라면 현 여당 총제를 말씀하시는 겁니까?"

"예, 그렇습니다. 정수만 의원은 다음 대선주자로 낙점되면서 청렴결백의 표상이 되려 합니다. 하지만 그는 최근, 집안 문제로 골머리를 앓고 있습니다."

"그게 지금 이 사건과 무슨 관계가 있다는 겁니까?"

"저는 정수만 의원의 자금줄을 관리했었습니다. 고로, 그 약점을 잘 알고 있다는 뜻이지요."

순간, 감우식의 표정이 딱딱하게 굳어진다.

"서, 설마……!"

"그래요, 그 사람을 제가 옭아맬 수 있다면 모든 일이 끝나는 것 아닙니까? 그는 여당의 대들보입니다. 그가 입김만 불면 OK그룹을 숙청하는 일쯤은 아무것도 아닙니다. 또한, 숙청과 동시에 강유하 씨가 회장에 오르면 모든 일이 끝납니다. 아시는지 모르겠습니다만 강유하 씨는 강성그룹의 예비사위입니다. 이미 후계자 경합에 입후보했고요. 만약 그가 회장에 오르게 된다면 재계에서도 별말이 없을 겁니다. 이건 제가 장담하지요."

"흠……."

깊은 고민에 빠져 있던 감우식 하지만 그는 이내 무릎을 친다.

타악!

"그래, 한번 해봅시다! 까짓것, 죽기밖에 더 하겠습니까?"

"고맙습니다! 정말 고맙습니다!"

"후후, 아닙니다. 아무튼 저쪽에서 무슨 수를 쓸지 모르니 조심하면서 공판을 준비하자고요."

"예, 차장님."

이제 유하와 정미주는 최필교 총재를 만나기 위한 준비를 서두른다.

제9장
호랑이를 잡으려면
대호를 준비해야 한다

　양평의 한 별장, 최필교는 자신을 찾아온 정미주와 유하를
바라보며 실소를 흘렸다.

　"그러니까… 자네들이 지금 나를 두고 협박을 조장하고 있
는 것이군?"

　"나쁘게 말하자면 그렇지요. 하지만 저희들은 옳은 일을
하고자 이러는 겁니다. 다른 의도는 없어요."

　"후후, 후후후!"

　재미있다는 듯, 유하를 바라보며 웃던 최필교가 물었다.

　"만약 내가 출혈을 감수하고 이 일을 확 뒤집어 버린다면 어떤 사태가 벌어질지 예상은 하고 있는 건가?"

"물론입니다. 아마도 유혈사태가 벌어지겠지요. 저희들은 모두 다쳐서 다시는 세상 밖으로 나오지 못할 수도 있습니다."

"그럼에도 불구하고 나를 협박하겠다고 생각한 이유가 뭔가?"

"의원님께선 저희를 쳐서 굳이 분란을 조장하실 분이 아니라고 생각했기 때문입니다."

"그 이유는?"

"의원님께서 비록 집안 사정 때문에 차명으로 자금을 관리하신 것은 사실입니다만, 정치적으로는 깨끗하다는 사실을 알고 있습니다. 의원님께서 대선에 나가시려 하는 목적이 무엇인지 모르겠습니다만, 그 자격은 충분하다고 생각합니다. 물론, 집안 일만 잘 정리하시면 말입니다."

그는 유하의 당돌한 태도에 아주 흥미로운 표정을 짓는다.

"자네, 정말 사업가에서 건달로 전향한 사람인가?"

"예, 그렇습니다."

"…젊은 나이게 대단한 결심을 했군."

"아버지의 복수를 갚기 위해서라면 마땅히 그래야 한다고 생각했습니다."

"그리고 자신에게 등을 돌린 사람들을 전부 내 편으로 만들었고 말이야."

"운이 좋았던 것이지요."

최필교는 고개를 가로저었다.

"아니, 아닐세. 그건 아니야. 자네는 그만한 역량을 가진 사람이라는 소리야."

"……."

"아무튼 자네에게 끌리는군."

이윽고 그는 유하에게 낚시를 권한다.

"좋아, 자네들의 요구 조건을 들어주도록 하지. 하지만 그 대신 나와 낚시 한 번 하세."

"낚시 말입니까? 또 누굴 낚아야 하는 겁니까?"

"하하, 아닐세. 그냥 요 앞에서 붕어나 몇 마리 낚자고. 가 는 길에 붕어찜거리나 좀 얻어가려고 말이야."

"뭐, 그런 것이라면 언제든지 환영입니다."

"고마우이. 마침 낚시 동무가 필요했는데 잘 되었군."

자리에서 일어선 그는 유하를 자신의 차로 안내한다.

"가지. 내 자가용에는 두 사람의 채비가 다 들어 있어. 일 단 가서 자리를 먼저 펴자고."

"예, 의원님."

유하는 그를 따라 양평의 한 저수지로 향했다.

최필교와 유하는 양평 부하저수지에 나란히 앉아 낚싯대를 드리워 놓고 있었다.

그는 아무런 말이 없는 유하를 바라보며 물었다.

"자네, 혹시 정치계에 입문할 생각 없나?"

"정치요?"

"만약 자네만 괜찮다면 그룹은 전문경영인에게 맡겨놓고 국회의원으로 활동하도록 내가 도와주도록 하지."

유하는 고개를 가로저었다.

"아닙니다. 저 같은 놈이 무슨 정치를 한단 말입니까? 저는 그저 아버지의 재산을 되찾고 내 사람들을 챙기는 것으로 만족합니다."

"진심인가? 내가 자네의 뒤를 봐준다고 말하고 있는 것일세."

"물론입니다. 저는 그렇게 입이 가벼운 사내가 아닙니다. 더군다나 의원님처럼 거두와 함께하는 자리에서 실언을 할 정도로 바보도 아니고요."

"후후, 호불호가 분명해서 좋군. 자기주장이 확실해."

"감사합니다."

최필교는 유하에게 앞으로 일이 어떻게 진행될지 말했다.

"자네가 검찰과 함께 임경필을 고소하면 내가 나서서 여당의원들을 단속할 걸세. 그렇게 되면 야당에선 대기업을 살려야 하느니 마느니 하며 들고 일어설 걸세. 하지만 그건 오래 가지 못해. 어차피 그들 역시 청렴한 이미지를 안고 있어야 대선에서 이긴다는 사실을 잘 알고 있거든."

"그럼 저는 예정대로 검사와 함께 법정공방만 가속시키면 되겠군요."

"솔직히 법정공방은 아마 자네가 얼마 지나지 않아 승리하게 될 걸세. 문제는 OK그룹을 어떻게 장악하느냐지."

유하는 슬쩍 미소를 짓는다.

"걱정하지 마십시오. 의원님께서 말씀하셨듯이 저는 그 방면에선 전문가입니다. 제가 가장 잘하는 분야이지요."

"후후, 그래. 그렇다면 안심이군."

이제 두 사람은 슬슬 낚시터에서 일어서 자동차로 향한다.

"가세. 우리 집에서 식사라도 좀 하고 가게."

"예, 예? 하지만……."

"뭘 그리 놀라나? 우리 집도 사람이 사는 곳이야. 식사쯤은 괜찮잖아?"

"…예, 알겠습니다. 그럼 운전은 제가 하겠습니다."

"그래 주면 고맙고."

유하는 주변에서 자신을 기다리고 있던 정미주에게 전화를 걸어 식사에 초대되었음을 알리고 최필교의 차를 타고 그의 자택으로 향했다.

늦은 저녁, 최필교의 자택에선 유하를 대접하기 위해 진수 성찬이 차려졌다.

최필교는 원래 채식이나 해산물을 주로 먹기로 유명한데, 오늘 밥상에는 진귀한 나물들과 각종 해산물들이 가득했다.

"이것들은 내가 쉬는 날마다 산을 다니면서 캔 나물들과 선상 낚시로 잡은 물건들로 차린 것일세. 전부 다 자연산이라 는 소리지."

"우와, 이런 귀한 것들을 어떻게……."

"나는 밥상이 이렇게 건강하고 귀중해야 한다고 생각하네. 그래야 허튼 생각을 못하거든."

"그렇군요……."

최필교의 아내 최인선은 유하에게 미소를 지으며 말했다.

"많이 들어요. 젊은 사람이 많이 시장하겠네."

"감사합니다. 잘 먹겠습니다."

유하는 두 사람이 수저를 들기까지 기다렸다가 이내 특유 의 먹성을 폭발시켰다.

"쩝쩝, 우걱우걱!"

"천천히 들어요. 누가 보면 지명수배자라도 되는 줄 알겠 어요."

"…하하, 제가 원래 좀 뱃사람으로 많이 굴렀던지라 밥을 좀 급하게 먹습니다. 배를 띄워 고기를 잡고 낮에는 소금을 경작해야 했기 때문이죠. 그 이후엔 젓갈공장에서 일하느라 밥을 제때 먹기란 아주 곤란했지요."

"저런… 젊은 사람이 무슨 고생을 그렇게 많이 했지요?"

"아버지와 어머니가 어려서 계시지 않았기 때문입니다. 제가 두 동생을 키워야 했기에 어쩔 수 없었습니다."

"쯧쯧, 딱해라!"

"하지만 지금은 이렇게 멀쩡히 잘 살아가고 있지요. 또한, 그것이 밑거름이 되어 여기까지 왔습니다. 저는 그 생활을 욕하거나 비관하고 싶지 않아요."

"후후, 그래요. 그런 자세야말로 좋은 인생관이라고 할 수 있지요."

이윽고 그녀는 유하에게 혼처를 물었다.

"올해 나이가 어떻게 되요? 혼처는 있어요?"

"강성그룹 장녀와 결혼하기로 했습니다."

"아아, 강성그룹! 좋은 혼처를 골랐군요."

"예비처가에서 저를 잘 받아주신 덕분이지요."

"뭐, 강 군이야 워낙 사람 됨됨이가 좋아서 사윗감으론 제격이죠. 더군다나 그런 집안에선 사위의 능력이나 인간성을 보지 배경을 보나요?"

"그렇군요."

혹시나 하는 마음에 유하를 자신의 집안으로 들이려던 최
필교는 아쉬운 표정을 짓는다.

"내가 대선에 나가고 나면 후계자가 필요했는데, 참으로
아쉽게 되었군."

"언젠가는 인연이 닿겠지요."

"…부디 그랬으면 좋겠군."

이윽고 유하는 한 상 가득 차려진 음식들을 하나도 남기지
않고 다 비워냈다.

*　　　*　　　*

이른 아침, 임경필은 계열사 대표들에게 각 계열사들의 매
출보고를 받았다.

이중에는 임경필의 현 측근이라고 할 수 있는 그의 사위들
도 끼어 있었지만, 그가 진심으로 믿고 모든 것을 맡길 수 있
는 사람은 아무도 없었다.

'요즘과 같은 시기에 그 녀석이 함께 있었으면 얼마나 좋
았을까…?'

최근 유비튼 그룹에선 임경필에게 넘길 돈들을 도대체 어
디로 빼돌리는지 좀처럼 상납을 하지 않고 있다.

그로 인해 임경필은 로비와 비자금 유지를 위해 써야 할 돈

을 사비로 충당하고 있는 지경이었다.

이대로 가다간 그의 가산이 전부 공금으로 들어갈 판이었다.

이런 시기에 만약 채민준이 함께 있었다면 유비튼 투자신탁을 아예 박살을 내버리던지 밀린 돈을 전부 다 받아오든지, 양단간에 결정을 내렸을 것이다.

하지만 지금 임경필은 채민준이 가지고 있던 세력들을 전부 유하에게 빼앗겼기 때문에 남은 것이 별로 없었다.

한마디로 지금 그는 회사와 현금을 제외한 모든 것을 잃어버린 셈이었다.

'신강남… 도대체 넌 어떤 놈이냐?'

회의 내내 정신이 나간 사람처럼 멍하니 앉아 있던 그에게 계열사 대표들이 물었다.

"저, 회장님?"

"……."

"회장님!"

"뭐, 뭔가? 나를 불렀나?"

"예, 회장님. 요즘 무슨 일 있으십니까?"

"…미안하이. 별일 아니야. 계속하지."

"몸이 좋지 않으시면 자택으로 돌아가셔도 됩니다. 보고는 저희들이 영상통화를 이용하여 올리겠습니다."

그는 측근들의 말에 고개를 끄덕인다.

"…그래, 오늘은 이만하지. 나머지는 영상통화로 대신하도록 하자고."

"예, 알겠습니다."

계열사 사장들은 임경필을 부축하여 건물 밖으로 이동하려 자리에서 일어선다.

"함께 가시죠."

"혼자 갈 수 있네만……."

"안색이 많이 좋지 않습니다."

"그럼 부탁 좀 하지."

그 어떤 누구도 믿지 않는 임경필이었지만 겉으로는 이 모든 사람들을 의지하고 있다는 생각이 들게끔 행동한다.

이것은 회사가 분열을 일으키지 않게 하기 위함인데, 아무리 계열사 사장들이라곤 해도 전부 그를 지지하는 것은 아니었다.

그렇기 때문에 이렇게 억지로 그들을 의지하는 척이라도 해야 최소한 반란이 일어날 일은 없을 것이다.

계열사 사장들은 그를 부축하여 1층 로비로 향한다.

딩동!

하지만 그들이 도착한 로비에는 너무나도 뜻밖의 사람들이 기다리고 있었다.

"반갑습니다. 오랜만이지요?"

"…검찰청?"

"하하, 그렇게 경계하실 필요 없습니다. 무슨 큰일 때문에 온 것은 아니니까요."

"큰일이든 작은 일이든 검찰이 회사에 들어왔다는 것 자체가 좋지 않은 것이지. 그래, 무슨 일 때문에 왔나?"

"같이 좀 가주셔야겠습니다."

"…뭐라?"

순간, 그의 사위들이 앞으로 나서며 길을 막는다.

"이게 무슨 짓입니까?! 당신들, 영장은 있어요?!"

"영장이라……."

이윽고 검찰 측에선 법원의 직인이 찍힌 서류를 한 장 꺼내 들었다.

"뭐, 이런 거요?"

"……."

"더 이상 소란 피우고 싶지 않으니 그냥 순순히 가시죠. 시끄럽게 굴어봐야 피차 좋을 것 없지 않습니까?"

"…죄목이 뭔가?"

"굳이 미란다의 원칙을 바라신다면 어쩔 수 없지요. 잘 들으십시오."

검찰은 수사관들에게 체포 지시를 내린다.

"저 사람을 체포하십시오. 임경필 씨, 당신을 마약 밀매, 폭행사주, 협박, 갈취, 살인교사 및 사기, 불법 주가조작과 주식 불법취득 등에 대한 혐의로 체포합니다. 변호사를 선임할 수 있으며, 묵비권을 행사할 수 있습니다."

"뭐, 뭐가 어떻게 되었다고?!"

"이것보다 죄목은 더 많습니다만, 시간 관계상 그냥 일축시킨 것뿐입니다. 더 듣고 싶어요?"

"……."

"그냥 순순히 가시죠. 더 이상 시간을 끌어봐야 좋을 것 하나도 없어요."

"자, 장인어른! 가지 마십시오! 저들이 지금 무슨 소리를 지껄이는지 우리가 알게 뭡니까?!"

"…시끄럽네, 자네들은 이만 들어가 있어."

"하, 하지만……!"

"더 이상 나서서 일을 크게 만들지 말란 말이다! 알아들었나!"

"…죄송합니다! 저희들은 그저……."

"자네들은 집안 단속이나 잘하게. 이 일로 집안이 좀 시끄러워 질 것 같아."

"예, 알겠습니다."

임경필은 검사에게 부탁을 한 가지 한다.

"미안하지만 수갑은 채우지 말아주시오."

"하하, 뭐요? 수갑을 채우지 말아?"

하지만 검사는 직접 그의 손에 수갑을 채운다.

철컥!

"……."

"자, 채웠소. 그러게 아까 내 말을 들었으면 이렇게 꼴사나운 일 벌어질 일도 없었잖아?"

"…정말 꼭 이렇게까지 해야 하겠나?"

"꼭 해야겠소. 당신 같은 범죄자는 이제 더 이상 빛을 볼 수 없게 될 테니까."

검사의 손에 붙잡힌 그는 잔뜩 굳은 표정으로 회사를 나선다.

*　　　*　　　*

그날 밤, 임경필은 검찰로부터 상당히 강도 높은 수사를 받고 있었다.

특별히 이번 사건은 서울중앙지검 소속 감우식 차장이 맡기로 했다.

차장 급 인사가 사건을 총괄한다는 것은 상당히 이례적인 일로, 수뇌부가 임경필을 쳐내기 위해 단단히 마음을 먹었다는 뜻으로 해석되고 있었다.

이에, 정계와 재계는 임경필의 말로가 과연 어떻게 될지에 대해 상당히 깊은 관심을 표하고 있었다.

하지만 이미 서울지검 전체가 나선 가운데, 임경필이 이 수사망에서 빠져나갈 수 있는 방법은 아무것도 없는 것 같았다.

서울지검 내 수사실에 들어선 감우식은 임경필에게 은행의 걸거래 내역들을 뽑아놓은 서류를 건네며 말했다.

"어떻습니까? 이 정도면 꽤나 큰 사건이 될 것 같은데."

"…이게 뭡니까?"

"뭐긴요. 당신이 지금까지 마약 밀매 등으로 벌어들인 돈에 대한 데이터지요. 유비튼 투자신탁, 모른다고 하지는 않겠지요."

"……."

"현재 유비튼 투자신탁의 대표이사 회장인 에밀 라빈 씨가 한국으로 입국해 있습니다. 바로 며칠 전까지만 해도 우리 검찰 측 인사들과 함께 조사도 받았고요. 또한, 그 휘하의 모든 조직원들과 마약 운반책 등이 조사를 받았지요. 그들은 미국에서 벌금형을 맞을 예정입니다만, 당신은 좀 다릅니다. 왜냐하면 이 모든 것을 사주한 사람은 바로 당신이니까요."

"증거 있습니까?"

"증거? 많지요. 가장 유력하면서도 충격적인 증거를 보여

쥐요?"

"그럽시다."

감우식은 그에게 최근 유비튼에서 이뤄졌던 살인교사와 마약밀매에 대한 증거들을 보여주며 말했다.

"원래 FBI에서 이 사건을 맨 처음 수사하면서 아주 난항을 겪었답니다. 왜냐하면 아무리 조져도 배후가 나오지 않았기 때문이죠. 또한, 배후를 미국에서만 찾아대니 그 뒷배를 만날 수가 없었던 겁니다. 그런데 우리 측에서 증거를 몇 개 던져주자, 그들은 아주 손뼉을 치면서 좋아하더군요. 이제야 퍼즐이 맞춰지는 것 같다면서 말입니다."

감우식은 FBI에서 제공한 수사 자료들을 그에게 건네며 말했다.

"이 사람은 당신의 사업에 훼방을 놓았다가 죽은 사람이고, 이 사람은 그 관련 기사를 실으려다 사망한 기자입니다. 이들을 죽인 사람은 바로 한국계 마피아 크리스 리입니다. 그는 이 두 사람을 죽인 후, 최근까지 도망 다니다가 몇 달 전에 잡혔습니다. 그런데 배후를 끝까지 불지 않다가 불현듯 당신을 지목했습니다."

"……."

"자, 이 사람 잘 알죠? 당신이 고용한 사람이니까요."

그는 다소 작은 체구에 날카로운 인상의 청년을 바라보며 고개를 갸웃거린다.

"…모릅니다."

"어라? 그래요? 어째서 모른다고 하실까?"

감우식은 그에게 연계 계좌에 대한 자료들을 내민다.

"잘 보십시오. 이것 참, 너무 복잡해서 일일이 설명하기도 힘드니까요."

"…이건 또 뭡니까?"

"연계 계좌들입니다. 이제부터 쉴 새 없이 떠들 것이니 말 걸지 마십시오."

이윽고 그는 숨 가쁘게 설명을 이어내려 간다.

"자, 이건 크리스 리에게 돈을 건넨 계좌입니다. 보시다시 피 미국계 투자회사의 명의로 되어 있지요. 그런데 이 투자회 사는 또 다른 곳에서 돈을 받았습니다. 그곳이 과연 어디냐? 그들은 바로 유비튼 투자신탁의 자회사 헤밀턴 투자신탁입니 다. 헤밀턴 투자신탁은 모회사인 유비튼에게서 돈을 받았고, 그 돈은 한국계 투자회사에서 나왔습니다. 그곳이 어디냐? 바로 OK신용조합입니다."

"……."

"OK신용조합 아시죠? 당신네들이 최근에 카드회사라며 만들어낸 금융회사입니다. 아니, 금융회사가 아니라 대부업 체라고 해야 하나?"

연계가 꽤 복잡하긴 했지만 이 돈이 OK그룹에서부터 나왔다는 것은 틀림이 없는 사실인 것 같았다.

이윽고 감우식은 그에게 또 하나의 증거를 건넸다.

"아참, 그리고 당신이 비자금을 빼돌린 곳이 하나 더 있더군요."

"…뭐요?"

"태상그룹, 태상그룹 말입니다. 세상에, 저는 당신이 태상그룹의 원로회장이었을 줄은 꿈에도 몰랐습니다."

"……."

"태상그룹의 현 회장은 신강남 씨입니다. 신강남 씨는 현재 전국 최고 규모의 폭력단체를 조직해 있습니다. 하지만 최근에 그들을 모두 합법적인 법인에 근무하는 근로자들로 탈바꿈시켰습니다. 그들이 이렇게 갱생하기 전까진 어떻게 생활했을까요?"

그는 조직들이 활동했던 증거자료들과 그들이 OK그룹에 보내왔던 돈들의 계좌 내역을 꺼내들었다.

"OK그룹의 끄나풀, 아니, 심부름꾼이 되어 살았습니다. 온갖 나쁜 짓거리는 다 하면서 정작 챙겨가는 돈은 별로 없었지요. 그 결과, 어떻게 되었습니까? 전보다 더 나쁜 짓을 하면서 살아갔지요."

"……."

"이 모든 것들은 태상그룹의 전 회장인 충일 파 전 보스 김 충만 씨가 검찰에서 증언했던 내용입니다. 잘 아시죠? 요즘 부부 싱어라고 잘 알려진 사람이지요. TV에서 그가 밝혔듯이 그는 이제 암흑가를 떠났습니다. 하지만 자신과 부하들이 당했던 부당한 처우에 대해서 한탄을 하고 있었습니다. 그래서 기꺼이 증언을 했지요."

그제야 임경필은 자신이 사면초가에 몰렸다는 것을 깨닫는다.

"…아예 작정하고 나를 담가버릴 생각을 하고 있었군!"

"후후, 인과응보라고나 할까요? 당신, IMF금융위기 당시엔 더 엄청난 일을 저질렀더군."

"뭐, 뭐요?"

"OK텔레콤의 원래 회장이 누구였습니까?"

"……."

"말해보세요. 누구였습니까?"

"…무슨 소린지 잘 모르겠군."

"강진세 씨 몰라요?"

"모릅니다……."

"그럼 양경석 씨는요?"

"…당연히 모르죠."

쾅!

감우식은 책상을 강하게 내려치며 말했다.

"묵비권을 행사하시겠다? 뭐, 나쁘지는 않네요. 하지만 한 가지 명심하십시오. 그 묵비권 때문에 당신은 개털이 될 겁니다."

"……?"

"왜냐고요? 당시, 당신이 사채를 돌려 회사에서 쫓아냈던 사람들이 전부 증언할 예정이거든요."

"뭐, 뭐요?"

"거기에 당신이 사기를 지시했던 사람들까지 전부 다 자수할 겁니다. 공문서 위조, 아시죠? 죄질이 무거우면 공소시효가 없어요. 또한, 아무리 오래전에 일어났어도 증거가 남아 있다면 사건은 유죄판결이 날 수 있습니다. 그럼 어떻게 되겠어요?"

"……."

"아마도 당신의 그룹은 원래의 주인이었던 강진세 씨에게 돌아갈 겁니다. 그리고 그 회사는 다시 그 아들에게 돌아가겠죠."

그는 신강남으로 알려진 유하의 사진을 그에게 집어던지며 말했다.

"신강남 씨, 본명은 강유하 씨죠."

"……!"

"후후, 잘 아실 겁니다. 당신과 한솥밥을 먹다가 뒤통수를 친 사람이니까요."

"뭔가, 뭔가 잘못된 겁니다. 나는……."

"잘못되었을 리가 있습니까? 당신이 대한민국 헌법을 개좆으로 안 것이 잘못된 것이지요."

이윽고 감우식이 자리에서 일어서며 말했다.

"아아, 참! 그리고 내가 잊은 것이 하나 있습니다."

"……?"

"혹시나 국회의원들 백 있으면 총동원해 보십시오. 아마 재미있는 일이 벌어질 겁니다."

"그게 무슨 소립니까?"

"후후, 보면 알아요."

득의에 찬 미소를 짓는 감우식을 바라보며 임경필은 연신 고개를 갸웃거렸다.

*　　*　　*

다음 날, 임경필은 자신의 지인에게 모두 전화를 돌렸다.

그의 수행비서는 국회의원 열 명과 공무원 열다섯 명, 심지어는 재계 인사들에게도 전화를 걸었다.

그들은 전부 임경필을 위해 최선을 다하겠다고 말했다.

그는 이제 더 이상 죄인 신분이 아닌 채 살아가야 할 것이었다.

하지만 결과는 생각보다 더 참혹하게 다가왔다.

여당의 대선주자 최필교는 임경필과 가까이 지내왔던 의원들 다섯 명에게 정경 유착에 대한 의혹을 제기시켰다.

그리고 그에 합당한 증거들을 제시하여 종국에는 서울지검 전체가 그들을 조사하는 그림이 그려졌다.

이에, 서울고등검찰은 이 열 명의 국회의원을 전부 다 기소할 작정으로 수사를 펼쳐나갔다.

이것은 최필교가 가진 영향력이 얼마나 대단한 것인지를 보여주는 단적인 예이며, 그가 상당한 달변가에 임기응변까지 능하다는 것을 시사했다.

그는 고검이 움직이지 않을 것 같다고 생각하자마자 곧바로 대국민담화를 열어 이 정경 유착에 대한 정보를 만천하에 공개했다.

며칠 전, 한국 공영방송사 K본부에선 최필교가 출연하는 대국민담화를 생방송으로 진행했다.

그때 그는 유하가 자신에게 건넸던 자료들을 바탕으로 이 열 명의 의원들을 신랄하게 비판했다.

"우리 대한민국이 지금까지 발전해 오는데 제2공화국의 패

망과 제3공화국의 쿠데타 성공이 큰 이바지를 했다고 생각하는 사람이 많을 겁니다. 물론, 제3공화국 정권이 대한민국 경제를 살려놓은 것은 부정할 수 없겠습니다. 하지만 그들이 저질렀던 수많은 폐단과 독제, 정경 유착, 비리, 부조리 등, 지금의 상식으로선 도저히 용납이 불가능한 일들이 많습니다. 국민 여러분, 저는 이 모든 것들이 대한민국의 피가 되고 살이 되었다는 사실을 절대 부정하지는 않겠습니다. 다만, 이 어두운 부분을 이제는 우리가 직접 나서서 척결해야 할 때라고 생각합니다."

그는 K본부의 담화에서 열변을 토한 후, 생방송임을 적극 이용해 증거들을 아낌없이 공표했다.

"저는 비리 의혹이 끊이지 않았던 열 명의 의원들에 대해 너무나 잘 알고 있습니다. 그리고 그들의 행위는 도저히 용서를 받을 수 없는 것들이지요. 현직 국회의원들이 대기업의 돈을 받고 법을 바꾸려 싸움판을 벌인다든가, 검찰을 압박해서 사건을 무마시킨다든가… 이게 도대체 말이나 되는 소리입니까? 저는 이 모든 폐단을 바로잡기 위해 칼을 들었습니다. 대통령직을 수행하기 위해 후보로 나가는 것도 좋습니다. 하지만 제가 정계에서 할 수 있는 일이 아직 남아 있는데 후보로 나선다는 것은 어불성설이라고 생각합니다. 국민 여러분, 저 최필교가 약속합니다. 이 악습의 고리, 제가 끊어버리겠습니다!'

이 담화로 인해 그의 지지율은 무려 15%나 상승하였고, 대선에선 그가 압도적인 승리를 취할 것이라고 예언하고 있었다.

하지만 그는 이번 계기로 인해 대통령 후보에서 사퇴했고, 제대로 칼을 갈기로 했다.

그 의지는 이제 대법원과 대검찰청을 향해 날아갈 것이었다.

＊　　　＊　　　＊

최필교의 대국민담화 일주일 후, 대검찰청 중앙청사로 국회의원 임성민 등, 열 명이 줄줄이 엮여 들어왔다.

그들은 현직 국회의원으로서는 드물게도 재계 비리와 사법권 이탈에 대한 심판을 받게 될 터였다.

물론, 국회의원이라는 점을 감안하여 조금 더 강도 높은 조사를 받게 될 것임은 불을 보듯 뻔한 일이었다.

요즘 최필교 쇼크라는 말이 나돌 정도로 방송에서 그가 내뱉은 한 방이 너무나 크게 작용했다.

그래서 지금 사법권은 자신들이 국민들의 지탄을 받지 않기 위해 부패의원들을 잡아들이는데 혈안이 되어 있었다.

아주 사소한 죄목부터 심각한 죄목에 비자금까지, 대검찰이 마음을 먹고 사람을 족치니 먼지가 나오지 않을 수가 없었다.

사태가 이쯤 되자, 처음엔 대한민국을 떠들썩하게 만들었던 임경필의 구속사건은 조금 잊어질 정도였다.

하지만 사람들은 그를 잊었어도 대검찰청은 그를 절대로 잊지 않고 있었다.

서울지검에서만 사건을 다루었던 임경필 사건은 대검찰청으로 넘어와 대대적인 수사가 벌어졌다.

이 사건에 투입된 부서만 해도 형사부, 공안부, 특별수사부까지, 총 세 개의 부서가 달라붙었다.

검찰은 다각도로 이 사건을 다루어 검찰이 잃어버렸던 신뢰를 다시 구축하고 정경 유착을 아예 뿌리 뽑아버리겠다는 각오를 다졌다.

그런 이유로 감우식 차장검사는 특별파견으로 세 개의 부서를 총괄하는 수사팀장으로 발령되었다.

젊은 시절, 검은 표범으로 불릴 정도로 지독하게 사건을 파고들었던 그의 날카로움이 다시 빛을 발하게 된 것이다.

그는 전국에 있는 태상그룹의 관계자들과 OK그룹 사건에 관련된 모든 관계자들을 전부 다 잡아들였다.

그리고 인권단체가 난리를 치든 말든 신경 쓰지 않고 독단적으로 강압수사를 펼쳐 정보들을 빼냈다.

대검찰청 지하에 마련된 구 공안부 취조실, 이곳은 아직도 진한 피비린내가 진동하고 있다.

감우식은 이곳에 수사본부를 마련하고 직접 관련자들을

취조하고 있었다.

오늘 취조를 받게 될 사람은 바로 정철수와 김운채였다.

타다다다닥!

키보드 판을 두드리는 감우식의 손가락에서 마치 불이라도 나는 듯, 정철수와 김운채는 긴장한 기색이 역력했다.

"저, 저, 저희들은……."

"알고 있습니다. 검찰에서 증언한 사실들은 대부분 정상참작이 될 겁니다. 당신들의 혐의를 모두 임경필에게 덮어씌울 것이거든요."

"저, 정말입니까?"

"그러니 이젠 그 어떤 사실이라도 거짓을 말해선 안 됩니다. 아시겠죠?"

"물론입니다."

어차피 정철수와 김운채는 거짓말을 하고 싶어도 못 하는 상황이었지만, 검찰의 입장인 감우식은 그렇지가 않았다.

혹시 그들이 거짓말이라도 할까 봐 여전히 긴장을 늦추지 않고 있었던 것이다.

"거두절미하고 묻겠습니다. 두 사람이 강진세 씨에게 사기를 쳐서 위임장을 받아온 것은 사실이죠?"

"예, 그렇습니다."

"그리고 그 위임장으로 주식을 모두 팔아먹고 소유의 건물들까지 팔아먹은 것도 말입니다."

"…예, 사실입니다."

"그럼 이런 일을 저지른 계기가 뭡니까?"

"임경필 씨가 우리에게 1억을 준다면서 사주했습니다. 그래서 우리는 위임장을 받아온 것뿐입니다. 다른 것은 다 임경필 씨가 했어요."

"아아, 그렇군요. 그러니까, 당신들은 임경필 씨가 시킨 대로 위임장만 가져다주었을 뿐, 다른 사기행각은 벌이지 않았다는 것이군요?"

"예, 그렇습니다. 그리고 그 이후엔 1억보다 더 큰 돈을 지속적으로 받았습니다. 그놈이 우리의 입을 막기 위해서 벌인 공작이었죠."

"그 돈이 얼마나 됩니까?"

"대략 10억에서 15억쯤 되는 것 같습니다."

"그럼 지금 그 돈은 다 어디로 갔습니까?"

"강유하 씨에게 돌려주었습니다. 우리의 사유재산도 일부를 제외하곤 다 그에게 넘어갔습니다."

"왜 그랬죠?"

"…무서웠습니다."

"무서워요?"

"죄를 짓고 살아온 인생이 벌써 몇 년인데, 무서울 것이 있였겠습니까? 하지만 있었습니다. 그는… 우리에게 죄가 얼마나 지독하고 더러운 것인지 알려주었습니다. 그래서 손을 털어버렸지요."

"흠……."

임경필은 그들의 증언이 담긴 파일을 고스란히 중앙정보실로 업로드 시켰고, 이내 조사를 마친다.

"됐습니다. 아마 검찰에서 당신들을 새로 기소할 수도 있습니다. 하지만 당신들은 단순히 공문서 위조를 '청탁' 받은 것뿐, 아무런 죄도 없다고 할 겁니다. 그러니 길어봐야 3년, 혹은 5년을 받겠죠. 그 이하를 받을 수도 있고요."

"감사합니다!"

"아무튼 이번 사건이 끝나고 나면 당신들도 이젠 평화롭게 사십시오. 듣자 하니 강유하 씨가 섭섭지 않게 챙겨준다고 하더군요."

"예, 그렇습니다."

"잘 살아요. 다시는 죄 짓지 마시고요."

"예, 검사님."

임경필은 이제 완벽하게 법의 심판을 받을 것이었다.

제10장
마무리되는 복수

  임경필의 1차 공판이 열리는 날, 취재진들은 대검찰청 앞을 마치 밀물처럼 밀려들었다.

  찰칵, 찰칵!

  그들이 내뿜는 플래시는 야밤중에 내려지는 번개의 향연보다 더 밝고 강렬했으며, 그 취재 열기는 거의 전쟁터를 방불케 한다.

  "회장님, 한 말씀만 해주시요! 정말 OK그룹의 비리가 사실입니까?"

  "사기로 회사를 잠식한 것이 사실입니까? 말씀 좀 해주십시오!"

"……."

기자회견은 물론이요, OK그룹에서까지 입장 표명을 차일 피일 미루고 있었으니 답답한 것은 기자들과 국민들이었다.

하지만 그만큼 이번 사건은 조심과 신중을 기해야 했기에 두 집단은 어쩔 수 없이 입을 닫고 있었을 뿐이다.

만약 이 사태가 종결되고 난다면, 당연히 유하가 회장에 오르기 위해 기자회견부터 갖게 될 것이었다.

잠시 후, 법정으로 올라온 감우식은 자신의 앞에 선 임경필을 바라보고 있다.

감우식은 슬그머니 미소를 지었다.

"어이, 임경필 씨! 오늘이야말로 감옥에 들어가는 날이 되겠군!"

"…하지만 그게 그리 쉽게 끝날 것 같소?"

"그거야 두고 봐야 알 일이고."

두 사람의 신경전이 벌어지고 있던 가운데, 오늘 나타나야 했을 임경필의 변호사가 보이지 않았다.

감우식은 그에게 변호사의 부재에 대해 물었다.

"고문 변호사가 오지 않았군요. 무슨 일 있습니까?"

"…이제 곧 올 것이오. 신경 쓸 필요 없어."

"후후, 그렇다면 다행이고."

임경필은 연신 불안한 기색을 감추지 못했고, 감우식은 별 대수롭지 않게 자신에게 필요한 서류들을 갈무리했다.

그렇게 10분이 흐르고 20분이 흘렀고, 드디어 공판이 시작된다.

"재판장님께서 입장하십니다!"

"일동 기립해주십시오!"

배심원들과 검사, 그리고 피고와 증인들까지 전부 자리에서 일어나 재판장에 대한 예우를 차린다.

이윽고 재판부는 곧바로 재판을 시작한다.

"그럼 사건번호 2015가 ― 12 * * *에 대한 공판을 시작하겠습니다."

재판부는 자리에 앉자마자 피고인석을 바라보았고, 임경필의 곁에 앉아 있어야 할 변호사에 대해 물었다.

"피고인, 변호사는 오지 않았습니까?"

"…사정이 생긴 것 같습니다."

"그렇습니까? 그럼 오늘 재판은 다음으로 미루고……."

바로 그때, 재판장 문이 열리며 임경필의 고문 변호사가 들어온다.

"재판장님! 죄송합니다! 취재진이 워낙 많아서 늦었습니다!"

"재판에 늦다니, 조심하십시오."

"죄송합니다!"

"일단 앉아서 공판에 참여하세요."

"예!"

이윽고 자리에 앉은 고문 변호사는 새파랗게 질린 안색으로 변호인석에 앉았다.

하지만 그는 연신 불안한 기색을 감추지 못한다.

탁탁탁—

무슨 방아깨비가 대가리를 위 아래로 흔들 듯, 계속해서 다리를 떨어대는 모습이 영 불편해 보이지가 않았다.

임경필은 그런 그에게 아주 작은 소리로 나무라듯 말했다.

"이봐… 미쳤어? 재판에 늦어놓고 다리는 왜 떨어?"

"…미안합니다. 하지만 어쩔 수 없어요. 나 역시 사람인 것을요."

"……."

그는 어쩔 수 없이 제정신이 아닌 것 같은 변호사를 데리고 공판에 임했다.

공판이 시작된 지 10분 후, 감우식은 증인으로 채택된 유하에게 사실을 묻고 있다.

"증인, 증인은 아버지가 주식을 빼앗기고 빈털터리가 되었다는 것을 어떻게 알았습니까?"

"아버지가 주검이 되어 돌아오신 날, 저는 경찰서를 찾았습니다. 그리고 그 시신에서 일기장을 찾아냈지요. 그 일기장에는 우리 집안이 왜 망했는지 자세히 나와 있었습니다. 그래서 그 일기를 따라 한 사람, 한 사람 만나다 보니 어느새 결론이 임경필 씨를 향해 있었습니다."

"그래요?"

감우식은 유하에 이어 재판부에게 새로운 증인을 신청한다.

"재판장님, 증인을 한 명 더 신청하고 싶습니다."

"누구입니까?"

"이번 사건에 대해 잘 알고 있다는 양경석 씨를 증인으로 채택하겠습니다."

"받아들입니다."

이윽고 말끔한 차림의 양경석이 증인석으로 걸어 나왔다.

뚜벅, 뚜벅—

그러자, 임경필의 표정이 점점 굳어가기 시작한다.

감우식은 선서 등에 의한 절차를 모두 마치고 증인석에 앉은 양경석에게 물었다.

"증인은 강유하 씨의 아버지 강진세 씨와는 어떤 사이입니까?"

"고향 친구입니다. 죽마고우지요."

"그럼 고인에 대해 아주 잘 알고 있겠군요?"

"그렇습니다."

"그렇다면, 고인께서 생존해 있을 때 어떤 사업을 벌였고 어떻게 망했는지도 잘 알고 있겠군요."

"…그렇습니다."

"증인, 그에 대해 말씀해주실 수 있겠습니까?"

"정확히 말하자면 사업은 망하지 않았습니다. 그는 당시, OK텔레콤을 비롯해 50개에 달하는 사업체를 가지고 있었습니다. 그것들은 전부 지금의 OK그룹을 이룬 전신들로, IMF에도 든든히 버텼지요. 또한, 집안에서 내려져 오던 가산으로 마련했던 건물들도 꽤 많았습니다. 그의 사업이 망했다는 것은 어불성설입니다."

"그렇다면 어째서 그가 거리에 나앉게 되었던 것이지요?"

그는 손가락으로 임경필을 가리키며 말했다.

"저 사람, 저 사람이 OK그룹에 들어오면서부터 일이 꼬였습니다. 저 사람은 OK텔레콤을 빼앗기 위해 진세의 환심을 사고 사기까지 조장한 겁니다."

"그러니까, 피고의 사기행각 때문에 회사를 빼앗긴 것이다?"

"예, 그렇습니다. 만약 저 사람이 건달에 무뢰한이라는 것을 진즉에 알았다면 애초에 회사로 들이지도 않았을 겁니다.

저놈은 OK텔레콤은 물론이고 나와 진세에게도 사기를 쳤습니다."

"흠, 그렇군요. 잘 알겠습니다."

증인에게서 모든 증언을 들은 감우식은 재판부에게 말했다.

"존경하는 재판장님, 증인들이 말했듯이 피고는 아주 악랄한 방법으로 주식을 가로채고 지금의 OK그룹을 세웠습니다. 그리고 그것으로도 모자라 각종 비리를 저질렀고요."

바로 그때, 피고석에서 소리가 들려온다.

"아닙니다! 재판장님, 그건 거짓입니다!"

"피고, 발언하세요."

"지금 기소 측은 있지도 않은 유언비어로 재판을 유리한 국면으로 이끌어가고 있습니다."

"유언비어? 무슨 근거지요?"

"피고는 위법행위는 물론이고, 그 어떤 범죄도 저지르지 않았습니다."

"그 발언에 대한 근거를 제시하세요."

"재판장님, 저는 OK그룹의 고문 변호사입니다. 그 누구보다 회사에 대해서 잘 안다고 생각합니다. 만약 저의 주장이 틀리다면 당장 이 법정에서 나가겠습니다."

재판부는 다시 한 번 그에게 똑같은 질문을 던진다.

"변호인, 그에 대한 증거를 제시하세요."

"…제가 그동안 모아두었던 OK그룹의 재무제표를 증거로 제출합니다."

순간, 임경필이 화들짝 놀라 고문 변호사를 바라봤다.

"…미쳤어?"

"이것만이 살 수 있는 유일한 길입니다. 가만히 계세요."

"……."

임경필은 지금까지 물타기 증자와 분식회계 등으로 엄청난 양의 비자금을 챙겨왔다.

아마도 지금 저 재무제표가 증거로 제출된다면, 그것은 아예 검찰에게 칼자루를 쥐어주는 일이 될 것이다.

어떻게든 그 일만은 막아야겠다고 생각한 임경필이 판사에게 소리친다.

"재판장님! 아닙니다! 저는 그 자료를 증거로 제출할 생각이 전혀 없었습니다! 정말입니다!"

"피고, 진심입니까? 법정에서 그러한 태도는 불리하게 작용할 수 있어요."

"괜찮습니다! 그러니……."

검사는 재판부에게 재무제표에 대해 말했다.

"존경하는 재판장님! 그 재무제표는 현재 기업의 허와 실을 아주 잘 알 수 있게 해주는 지표가 될 겁니다. 보시면 아시겠지만 그 재무제표는 비자금과 분식회계 등을 자세히 기록한 일지입니다. 현재 공개적으로 올라와 있는 OK그룹의 세무현황과는 아예 차이가 나지요. 거기에 제가 입수한 비자금 파일까지 합친다면, 완벽한 증거가 될 겁니다."

재판부는 고개를 끄덕인다.

"좋습니다. 증거로 채택하겠습니다."

"……!"

이제 그는 법정에게 자신의 모든 것을 까발리게 된 셈이니, 재판에서 이길 확률은 지극히 적게 되어버렸다.

늦은 오후, 1차 공판이 그 막을 내렸다.

판사는 재판부가 결정한 판결문을 낭독하여 이 대장정의 끝이 났음을 알렸다.

"본 사건은 피고의 범죄행위와 사기 행각 등으로 일어났다고 판단한다. 하여, 본 재판부는 피고에게 징역 20년을 선고하고 OK그룹에 대한 지분을 강유하에게 인도할 것을 명하는 바이다. 또한, 그 재산에 대해서는 강유하에게 환원시키고 추가 조사를 통하여 자신의 원래 자산과 비교하여 증식된 재산 역시 환원시킨다."

탕탕탕!

법정이 이런 판결을 내린 것은 증인들과 증거가 너무나도 적나라했기 때문이었다.

하지만 오늘 변호사의 이상행동으로 인해 2차 공판에서 판결이 조금 뒤집힐 수도 있을 것이다.

그러나 아직까지 유하에겐 엄청나게 많은 증인들이 있으니 걱정할 필요는 없을 터였다.

*   *   *

다음 날, 임경필은 자신의 측근들에게 면회를 신청했다.

하지만 그들은 임경필의 전화를 받지 않는 것은 물론이고, 어쩌다 전화가 연결되어도 누구 하나 돕겠다고 나서는 사람이 없었다.

한마디로 그들은 새롭게 바뀌는 세력에게 붙어 자신들의 재산들을 지키겠다는 소리였다.

─저희 고객님의 사정으로 당분간 수신이 정지되어…….

쾅!

"이런 젠장!"

벌써 몇 통째인지 알 수도 없을 정도로 많은 전화를 걸었던 임경필은 자신이 사면초가에 몰렸다는 것을 느꼈다.

바로 그때, 멀리서 간수가 다가온다.

"면회 왔소."

"면회?"

"나가보시오."

간수의 말에 공중전화에서 손을 뗀 그는 이내 면회실로 향했다.

끼익—

구치소 면회실에 들어선 그는 자신을 찾아온 유하를 바라보며 인상을 와락 찌푸린다.

"강유하⋯⋯! 네가 이곳엔 어쩐 일이냐!"

"그 썩은 얼굴 좀 다시 보고 싶어서 말이야. 내 회사를 다시 돌려줘야 하는데, 그 기분이 어때?"

"⋯이런 미친 자식을 보았나!"

"후후, 때릴 수 있다면 때려도 좋다. 하지만 그랬다간 평생 감옥에서 나가지 못하게 될 것이다."

"⋯⋯."

유하는 그에게 아버지에 대한 얘기를 물었다.

"경찰의 말에 의하면 아버지는 길거리에서 그냥 객사한 것으로 보인다더군. 어떤가? 사실인가?"

"그걸 내가 어떻게 아나? 길거리에서 삑치기를 당했던지 실족사를 했던지, 둘 중에 하나겠지."

"그렇다면 정말 네가 죽이지는 않았다는 건가?"

"⋯미친놈, 내가 그걸 너에게 왜 그렇게 자세히 말해야 하는가? 무슨 이유라도 있던가?"

"있지."

그는 임경필에게 사진 몇 장을 건네며 말했다.

"딸들이 참으로 아름답더군."

"뭐, 뭐냐, 이게 지금 뭐하는 짓이야!"

"당신의 딸들, 앞으로 거리에 나앉게 생겼더군. 사위들이라고 하나같이 머저리에 천치라서 내가 지분을 인수하는 순간, 스스로 지위를 내려놓고 회사에서 나간다고 하더군. 그런데 그냥 내보낼 수가 있나? 그 돈 역시 내 아버지의 덕분에 처먹은 돈인데 말이야. 당연히 다 내뱉고 나가야지."

"…그건 그들의 사유재산이다. 그러니……."

"음음, 아니지! 그들은 너에게서 증여를 받은 것이다. 그러니 당연히 토해내서 다시 회사로 환원시키는 것이 맞지 않나?"

순간, 임경필이 버럭 소리를 지른다.

쾅!

"이런 악랄한 새끼! 아무리 그래도 내 딸들은 죄가 없는데 꼭 이렇게까지 밀어붙여야 하겠나!"

"당연한 소리."

이윽고 임경필은 입술을 짓깨물며 말했다.

"좋아…. 그렇다면 나 역시 가만히 있을 수만은 없다."

"네가 가만히 있지 않으면 뭘 어쩔 건가?"

"혹시 몰라서 네 동생들에게 감시를 붙여놓았다. 알고 보니 네 동생이 양구로 전학을 갔더군?"

"…그래서?"

"네 동생들이 험한 꼴을 당하게 되면 네놈도 정신을 차리지 않겠어?"

"후후, 할 수 있으면 해보든지."

"후회하지 않기를 바란다."

"나 역시."

이윽고 유하는 자리에서 일어섰고, 임경필은 다시 간수에게 전화기 사용을 요청했다.

*　　　*　　　*

강원도 양구의 한 시골마을, 유나는 가방 속에 쏙 들어갈 정도로 작아진 자라를 데리고 학교에서 안전 가옥으로 돌아가고 있었다.

부아아아앙—

하루에 두 번씩 다니는 마을버스를 타고 한 시간 넘게 들어가야 집에 도달할 수 있지만, 그녀는 한 번도 불평을 해본 적이 없었다.

오히려 그녀는 자신을 이곳에 데려다 놓은 오빠 유하가 걱정이었다.

"휴우… 그 아저씨 참! 괜찮으련지 모르겠네."

요즘 온통 신문에서 유하에 대한 얘기로 대서특필하고 있으니, 걱정이 되지 않으면 오히려 이상할 것이다.

하지만 그녀는 자신의 오라비인 유하가 어떤 결정을 내리든 그에 따라야 한다고 생각했다.

그것이 바로 동생이자 가족인 자신이 해야 할 일이라고 생각했기 때문이다.

끼이익—

이제 버스는 유나가 사는 동네 어귀에 멈추어 섰다.

"안녕히 계세요!"

"그래, 조심해서 들어가."

버스기사에게 감사의 인사를 전하고 내리자, 그 앞에는 언니 유채가 서 있었다.

"언니!"

"조금 늦었네?"

"어머, 지금까지 여기서 나를 기다린 거야?!"

"혹시 무슨 일이 있으면 어쩌나 싶어서 말이야."

"에이, 그럴 리가 있나! 나는 이 멍청이 자라와 함께 다니니까 괜찮아. 여차하면 자라를 휘둘러서 괴한을 해치우면 되지."

유채는 실소를 흘린다.

"후후, 듣는 자라가 기겁하겠다. 그나저나 오빠는 어째서 너에게 꼭 자라를 데리고 다니라고 한 것일까? 이 작은 아이가 뭘 할 수 있다고?"

─끼룩?

연신 고개를 갸웃거리고 있는 자라, 유나는 녀석의 고개를 손가락으로 툭툭 치며 말했다.

"심심하지는 않으니까. 그나마 다행이지. 이렇게 멍청한 거북이라도 있으니 말이야."

─끼룩!

두 사람은 자라와 함께 다시 안전 가옥으로 돌아가고 있었다.

하지만 바로 그때, 저 멀리서 한 무리의 청년들이 오토바이를 타고 달려와 앞을 막았다.

끼이이익!

"너희가 강유채, 강유나냐?"

"누, 누구세요?"

"맞는 모양이군. 우리와 함께 가야겠다."

"뭐, 뭐라고요? 당신들이 누군데 우리를 데리고 가요?"

"가보면 안다."

청년들이 유채에게 먼저 손을 대자, 자라가 사납게 으르렁

댄다.

─쉬이이이익!

"이건 또 뭐야? 거북이 아니야? 거북이가 무슨 뱀 소리를 내?"

유나는 자신의 손에서 발버둥 쳐서 이내 바닥으로 떨어져 내린 자라를 줍기 위해 허리를 숙였다.

"이 멍청아! 이리 오지 못해?!"

순간, 유나는 녀석을 손으로 잡아 올리지 못했다.

─쉬이이이익!

"배, 뱀?! 꼬리가 뱀이었어?!"

꼬리에서 뱀의 머리가 돋아난 자라는 이내 점점 몸을 불리더니, 급기야는 길이 30미터가 넘는 괴물로 변해버린다.

쿠그그그그극!

─크아아아앙!

"허, 허억!"

"저, 저게 뭐야?!"

대략 50명에 달하는 괴한들은 다시 오토바이를 타고 도망가려 했으나, 공간의 외곡현상 때문에 무형의 벽에 부딪쳐 넘어지고 만다.

까앙!

"크헉!"

"이, 이게 뭐지?! 뭐가 어떻게 된 거야?!"

자라는 신수의 영력으로 주변의 공간을 일그러뜨려 외부에서 안이 보이지 않고, 이곳을 거쳐 가지 않고 자연스럽게 다른 길로 돌아가게끔 만들어놓았다.

아마 그들은 자신들이 이곳을 지나갔다고 철썩 같이 믿고 있을 터였다.

자라는 자신의 거대한 입을 조금씩 움직여 청년들에게 물었다.

─주인, 해치는 놈들이다. 잡는다. 먹는다. 죽인다. 씹어버린다!

"허, 허억! 이런 빌어먹을!"

놀랍게도 자라는 이제 유하가 하는 말을 몇 단어씩 따라할 수 있을 정도의 지능이 생겨났다.

이것은 바로 신수가 드디어 완벽한 성체로 접어들었다는 것을 뜻하는 일이었다.

이윽고 자라는 유채와 유나에게 수면에 빠져들게 하는 물을 흘려보낸다.

쪼르르르─

"아아……."

─유나, 금방 끝난다.

이제 유채와 유나는 자라가 어떤 존재였는지 까마득히 잊어버릴 것이고, 다시 그저 멍청한 거북이쯤으로 기억하게 될 것이다.

대신, 이 50명의 사내는 죽음으로서 그 기억을 지워버리게 될 터였다.

ー먹는다!

크아아아아앙!

쫘드드드득, 푸하아악!

"사, 살려줘! 살려줘!"

괴한들을 산 채로 잡아 뜯은 자라는 그것을 거침없이 영양분으로 사용했다.

그러자, 녀석의 등에선 아직 다 돋아나지 않았던 비늘과 뿔들이 완벽한 형태를 잡아갔다.

아마도 이 50명을 다 먹어치울 때쯤이면 완벽한 성체가 될 것으로 보였다.

ー인간들, 주인을 해치면 먹이다. 그렇지 않으면 친구다.

"사, 살려주세요!"

ー안 된다. 너희는 내 먹이다.

쫘득!

"끄아아아악!"

무언의 울림, 이곳에선 아무도 모르는 학살이 벌어지고 있었다.

제2차 공판이 열리는 날, 유하는 피고인석에 앉은 임경필을 바라보았다.

"……."

그는 얼마 전, 유채와 유나를 납치하려던 계획에 실패하여 딸들이 전부 거리에 나앉는 대참사를 겪게 되었다.

한마디로 그는 자신의 과오 때문에 순식간에 딸들을 거리로 내몰고 자신 역시 감옥으로 들어가게 생긴 것이었다.

만약 그가 다시 정신을 차리고 유하의 앞에 무릎을 꿇는다면 다시 한 번 생각해 볼 수도 있겠으나, 이제는 너무 멀리 와 버렸다.

'인과응보다.'

잠시 후, 2차 공판이 속기되었다.

"그럼 2015가— * * *의 2차 공판을 시작하겠습니다."

법정이 재계되자마자 감우식은 유하가 데리고 있던 가장 강력한 카드를 꺼내들었다.

"재판장님, 이번 재판이 시작되고 난 후에 가장 중요한 증인들을 모셨습니다. 그들을 증인으로 신청합니다."

"받아들입니다."

이윽고 정철수와 김운채가 증인석을 향해 다가왔다.

"……."

표정이 딱딱하게 굳어버린 임경필, 그는 이내 고개를 푹 숙이고 말았다.

김운채와 정철수는 이번 사건의 핵심과도 같은 인물들이라서, 그들이 몇 차례 증언을 하는 것만으로도 임경필은 사면 초가에 몰리게 될 터였다.

그는 이제 모든 것이 끝났다는 것을 인정할 수밖에 없었다.

'후우… 이젠 하늘의 뜻에 맡기는 수밖에 없는 것인가?'

임경필은 절망을 넘어 아예 모든 것을 채념한 듯, 고개를 푹 숙이고 말았다.

2차 공판에서 재판부는 임경필에게 징역 15년을 선고하고 재산에 대한 부분은 1심과 같이 판결했다.

그나마 임경필이 이번 2차 공판에서 자신의 죄를 순순히 인정하고 선처를 부탁했기 때문이었다.

만약 이대로 간다면 3차 공판에선 그 형량이 조금은 줄어들 수도 있을 터였다.

재판을 끝내고 구치소로 돌아가는 길, 임경필은 유하에게 소리친다.

"네가 이겼다! 그러니 내 딸들만은 살려다오! 부탁이다! 죽으라면 이 자리에서 죽겠다! 그러니 제발……!"

"……."

가만히 그를 바라보는 유하, 하지만 여전히 유하는 아무런 말이 없었다.

급기야 그는 교도관의 손을 뿌리치고 털썩 무릎을 꿇었다.

쿵!

"이, 이봐요!"

"제발… 한 번만 봐주십시오! 내 딸들의 평생이 걸렸단 말입니다!"

"……."

유하는 그런 그를 바라보며 물었다.

"당신, 내 동생들과 내 삶이 얼마나 지독히 힘들었는지 생각은 해봤나? 아버지와 어머니 없이 살아왔을 내 생각을 해본 적이나 있냐고!"

"미안합니다! 죄송합니다! 잘못했습니다! 아이고, 선생님!"

비굴하게 빌고 또 비는 임경필, 유하는 그에게 한 가지 조건을 내건다.

"좋아, 네 딸들을 거리에 나앉지 않도록 해주지."

"저, 정말입니까?!"

"하지만 조건이 있어. 네가 항소하지 않고 달게 벌을 받겠다는 것, 그리고 더 이상 그 어떤 흉계로 꾸미지 않겠다는 것

말이다. 물론, 흉계를 꾸며도 소용은 없겠지만 말이야."

"……."

"잘 알고 있겠지? 50명의 사내 말이야."

"죄, 죄송합니다!"

급기야 그는 유하의 앞에 머리를 찧기 시작한다.

쿵쿵쿵!

유하는 그런 그를 바라보며 말을 잇는다.

"또한, 나는 네 딸들에게 1억 상당의 집을 한 채씩 사줄 것이다. 그 이후엔 네 딸들이 알아서 살아가야 해."

"그, 그게 무슨……."

"나는 분명 거리에 나앉지 않도록 해준다고 했다. 그 이후의 삶은 알아서 살아가야지."

"하, 하지만 그렇게 된다면……."

"생계가 막막하지 않냐고?"

"그렇습니다. 그러니……."

"후후, 뭘 몰라도 한참 모르는군. 나는 하루에 두 시간씩 잠을 자며 돈을 벌어 동생들을 키웠다. 그게 뭘 뜻하겠나?"

"……."

"하면 된다. 이 세상에 안 되는 것은 없어."

이윽고 유하는 곧바로 돌아선다.

"네가 하는 것을 봐서 1억 짜리 집을 줄 것이다. 그러니 알아서 잘해."

"가, 감사합니다!"

쿵쿵쿵쿵—

재산을 전부 몰수하는 것보다는 낫겠다 싶었던지, 그는 연신 바닥에 머리를 찧어댄다.

*   *   *

이른 바 OK그룹사건의 공판이 모두 끝난 후, 임경필은 자신의 죄를 모두 다 인정하고 스스로 감옥행을 선택했다.

재판부는 그런 그에게 징역 15년을 선고했고, 이제 그에게 남은 재산이라곤 거의 남아 있지 않았다.

하지만 자식들이 거리로 내몰리지 않은 것만으로도 충분히 안심하고 수감생활을 이어나갈 것이라고 말했던 임경필이었다.

추운 겨울이 지나고 다시 봄이 돌아왔을 쯤, 유하는 OK그룹의 회장으로 취임했다.

그는 강남그룹과 유비튼 투자신탁을 모두 OK그룹에 합병시키고 강남그룹 단일 출자구조로 그룹을 통째로 개혁시켰다.

이 과정에서 유하를 반대하던 세력이 전부 다 축출을 당하고 친유하 세력만이 회사에 남게 되었다.

6월 중순, 유하는 드디어 그렇게도 바라던 아버지의 복수를 이룩하게 된다.

휘이이잉—

유하는 취임식을 모두 마친 후, 며칠간의 휴가를 받아 홀로 여행을 떠나기로 했다.

정처 없이 떠돌고 떠돌아 그가 도착한 곳은 바로 영천이었다.

그는 자신이 이곳까지 온 세월들을 다시 한 번 되짚으며 생각한다.

"…운명은 개척하는 것이다. 인생은 내가 만들어 나가는 것이 맞아."

유하는 그 자리에 앉아 자신이 직접 담근 술을 한 잔 꺾어 넘겼다.

에필로그

뺨빠바바밤!

결혼행진곡이 울려 퍼지고 있는 이곳은 서울 역삼동에 위치한 웨딩홀로 오늘은 사회의 저명인사가 결혼을 올리는지, 각지에서 사람들이 몰려와 인산인해를 이루고 있었다.

헌데, 특이한 것은 결혼을 올리는 신랑과 신부 측 두 곳 모두 축의금을 받는 사람이 아무도 없다는 것이었다.

오늘 결혼식에는 그냥 길을 가다 들른 행인들에게도 식사를 나누어주고 덕담 한 마디를 적는 롤링페이퍼로 축의금을 대신하기로 했다.

이것은 순전히 혼주가 이 웨딩홀과 그 부대시설을 온전히 소유하고 있었기에 가능한 일이었다.

아마 일반적인 사람들이었다면 이렇게 거대한 무료 급식을 아예 시도할 생각조차 하지 못했을 것이었다.

"자, 그럼 지금부터 결혼식을 거행하겠습니다! 신랑 입장!"

빰빠바바밤!

팡파르가 울려 퍼지자, 늠름한 모습의 신랑이 웨딩홀을 따라 걸어 나왔다

그리고 잠시 후, 사회자의 소개에 따라 신부가 모습을 드러냈다.

"이번 순서는 오늘 결혼식의 주인공, 신부의 입장입니다. 신부가 입장을 때엔 열화와 같은 성원을 부탁드립니다! 신부, 입장!"

빠바밤, 빠바바밤!

결혼행진곡을 따라 신부입장을 하고 있는 사람은 다름 아닌 유채와 유하였다. 유하는 혼주로서 유채의 손을 붙잡고 있었는데, 그 표정이 상당히 불쾌해 보였다.

물론, 유하와 유채를 맞이할 신랑은 입이 귀에 걸려 있었지만, 그와 눈이 마주치고선 이내 입을 닫았다.

이윽고 신랑 연지훈은 유하에게 깊이 고개를 숙인다.

"감사합니다, 형님!"

"…잘해라. 정말 죽는 수가 있다."

"무, 물론입니다!"

유채는 자신이 좋아하는 미술을 공부하면서 유하가 인수했던 이곳 역삼동 미리화 아트홀을 총괄하게 되었다.

그때, 연지훈은 그룹에서 상무이사로 재직하고 있었는데, 그는 그룹의 모든 뒤치다꺼리를 해주고 다녔다.

그 과정에서 연지훈과 유채는 서로 함께 만나 아트홀 관리에 대해 많은 얘기를 나누었다. 그러다 우연한 기회로 회사 연수를 떠났다가 커플이 되어버렸던 것이다.

그렇게 3개월 후, 두 사람은 덜컥 임신 사실을 통보했다.

아무리 요즘 트렌드가 혼수로 아이를 해가는 것이라곤 해도 유하의 입장에선 연지훈을 가만히 내버려 둘 수가 없었다.

그래서 유하는 연지훈에게 대련을 신청하여 삼일 밤낮으로 두들겨 패주었다. 하지만 그럼에도 불구하고 연지훈은 끝까지 유채와의 결혼을 갈구했고, 결국엔 유하가 두 사람의 결혼을 인정할 수밖에 없었다.

씁쓸한 표정을 짓는 유하, 그런 그의 곁에는 유채와 민아가 앉아 있다.

"괜찮아요?"

"…안 괜찮습니다. 저 자식, 언젠가는 아주 다리몽둥이를 확 부러뜨려 버릴 겁니다."

"그래도 그러면 안 돼요. 이제 지훈 씨도 우리 가족이잖아요?"

"그렇긴 합니다만……."

이미 유하는 강성그룹의 후계자로서 그 입지를 굳혔다. 그리고 그와 동시에 김태평 회장의 신임으로 인해 명예부회장으로 추대되었다. 물론, 두 개의 회사를 동시에 맡는 것은 불가능했기 때문에 정식 직함은 인수하지 못했다.

하나 이제 곧 김태평 회장은 유하에게 총괄이사 부회장의 정식 직함을 넘겨 그를 식구로 맞이할 생각이었다.

한마디로 이제 OK그룹과 강성그룹은 혈연으로 맺어진 사이가 된 것이었다.

이제 유채를 떠나보낸 유하는 자신에게 남은 숙제가 하나 더 있다고 생각한다.

"유나… 유나는 언제쯤 시집을 가려나?"

"아직 성인도 안 된 아가씨를 벌써 시집보내고 싶어요?"

"뭐, 말이 그렇다는 겁니다."

그리고 또 하나, 유하는 요즘 유비톤과 강남 파를 이용하여 한 사람을 찾고 있다.

"민아 씨, 이제 곧 처남의 행방을 찾을 수 있을 것 같아요."

"내, 내 동생을요?"

"정확한 것은 아닙니다만, 캐나다에서 비슷한 사람을 보았다는 제보가 있었거든요."

"…건강은 괜찮데요?"

"캐나다에서 영어 선생님으로 일하고 있다던데, 건강이 어떤지는 잘 모르겠습니다."

"그래요…?"

"아무튼 조금 더 두고 봅시다."

"고마워요…….."

두 사람이 손을 꽉 잡고 있을 무렵, 유채와 연지훈이 행진을 시작한다.

"자, 그럼 오늘의 마지막 행사인 신랑신부 행진이 있겠습니다! 신랑, 신부! 행진!"

빠바바바밤, 빠바바바밤!

* * *

서울 아인스 호텔, 이곳으로 검은색 차량들이 무더기로 몰려들었다.

부우웅, 끼익!

그중에서도 가장 크고 비싼 차에서 내린 사람은 바로 유지은이었다. 그녀가 아인스 호텔로 들어서자, 그녀를 맞이하기 위해서 나온 100명의 건달이 일제히 고개를 숙인다.

"오셨습니까, 회장님!"

"그래."

유지은은 유하가 이끌던 강남 파를 이용하여 전국구 건달 조직인 아인스 컴퍼니를 조직했고, 그 첫 번째 사업으로 아인스 호텔을 세웠다. 원래 이곳은 미국계 기업 엘루한에서 운영하던 곳이지만 유하의 비밀조직인 유비톤이 그들을 박살 내어 공중이 붕 뜬 상태로 만들어버렸다.

하여, 유지은은 아인스 호텔에 무혈입성하여 자신만의 조직과 기업을 일구는데 필요한 초석을 다지게 된 것이었다.

그녀는 이제 유하가 거두어들였던 자신의 부하들과 함께 조직 유강 파를 조직했다.

유강 파는 유하를 제외하면 그 어떤 세력도 건드릴 수 없는 조직으로, 아예 암흑가를 지향하는 조직이었다.

유하처럼 옛 건달들과 마피아가 합쳐진 글로벌 기업이 아니라 진짜 '건달' 들로 이뤄진 기업이라는 소리였다.

때문에 검찰들의 눈총을 한눈에 받고는 있었지만, 그래도 그녀는 자신의 평생 숙원사업을 이룩하게 된 것이었다.

유지은은 아인스 호텔 지하에 마련된 자신의 집무실로 향했다.

딩동!

엘리베이터를 타고 지하로 내려가자, 그녀가 일하는 일터

이자 조직 유강 파의 심장부가 나왔고 그녀는 집무실에 도착하자마자 20명가량의 수뇌부와 마주했다.

"오셨습니까, 형님!"

"그래, 다들 모였나?"

"예, 그렇습니다."

유지은은 오늘 자신의 조직력을 바탕으로 서울지역으로 파고 들어온 일본계 대부업체들을 정리할 생각이다.

그들은 요즘 유강 파가 잠식하고 있던 한국계 대부업을 제치고 자신들이 득세하기 위한 작업을 진행하고 있었다.

유지은은 자신의 구역에 누군가 들어와 훼방을 놓는 것은 국적과 신분을 불문하고 죽음으로 되갚아주는 사람이다.

"가능하면 아예 병신들을 만들어버린다."

"괜찮겠습니까?"

"깡패들끼리 싸우는 판때기에 누가 신경이나 쓰겠나? 이런다고 외교관계가 악화되거나 하는 일은 없다. 아니, 차라리 한쪽의 세력이 약해지니 양쪽 경찰들의 입장에선 차라리 잘되었다 싶겠지."

"그렇군요."

그녀는 아버지가 물려주셨던 단도를 꺼내든다.

스릉―

"어차피 시작된 판, 끝장을 보는 거다, 준비는 되었나?"

"예!"

"좋아, 가자!"

"예, 형님!"

그녀는 이제 건달답게 조직을 이끌며 이 세상을 살아가게 될 것이다.

*　　　*　　　*

인천 송도신도시에 위치한 MJ타워, 이곳은 정미주가 자본금 1000억으로 차린 회사의 심장부다.

정미주는 주식투자, 부동산투자, 회계, 세무 등을 관장하는 자본회사를 설립하여 단 반 년 만에 총 자본금 다섯 배에 달하는 회사를 키워냈다.

그녀는 지금 유하가 운영하는 회사들과 함께 일하면서 그에 대한 커미션으로 성장해나가고 있었다. 한마디로 지금 유하가 운영하는 회사들은 그만큼 승승장구하고 있다는 소리였다.

정미주는 이른 아침부터 계열사의 사장들에게서 받은 보고서를 검토하고 있었다.

"정부에서 신도시를 계획하고 있는 부지들은 이미 주인들이 있습니다. 아무래도 파고들기 힘들겠습니다."

"힘들다고 그만두면 돈은 누가 법니까?"

"하지만 사업자까지 선정된 마당에 누가 땅을 팔겠습니까?"

요즘 정미주는 대한민국 남부신도시 개발 1차 지구인 무안 지방에 땅을 사들이고 있었다.

하지만 지금 그곳은 신도시 때문에 원주민들의 허파에 바람이 잔뜩 들어가 있었고 아마 어지간히 높은 금액을 지불하지 않으면 그곳을 떠나지 않으려 할 것이었다.

그러나, 그녀는 여기서 포기할 사람이 아니었다.

"안 되면 되게 만드세요."

"그러나 방법이……."

"그 방법을 찾으라고 당신들을 고용한 겁니다. 만약 그게 자신 없다면 때려치우세요. 당신들 말고도 계열사 사장 할 사람들은 말아요."

"죄송합니다! 백방으로 방법을 알아보겠습니다!"

"그래요, 진즉 그랬어야지."

그제야 그녀는 홀가분한 표정으로 집무에 열중한다.

*   *   *

강남역과 건국대학교 입구, 홍익대학교 입구, 신촌, 대학로를 아우르는 주류업체가 있다. 그 업체의 이름은 '화류'로 영민이 강남에서 크게 성공해서 세운 회사다.

주식회사 화류는 선술집부터 고급 모던 바까지, 술집의 형태를 띈 프랜차이즈를 운영한다.

요즘은 홍대와 이태원에 클럽까지 지어놓고 그곳에 프랜차이즈의 기술을 모두 집약시켜 새로운 시도에 도전하고 있었다.

쿵쿵쿵, 쾅쾅쾅!

시끄럽게 울리는 클럽 사운드를 느끼며 술을 마시고 있는 한 남자, 그는 화류의 대표이사 영민이다.

영민은 요즘 자신이 차린 클럽에 머물며 진정으로 파티문화를 즐기고 어떤 것이 부족한지 알아내고 있는 중이다.

그는 천신만고 끝에 서울로 상경해 술에 대해 배웠고, 장사에 대한 것을 터득했다.

비록, 화류를 설립할 때에 유하의 도움을 일부 받기는 했어도 지금까지 회사가 커 온 것은 전부 그의 수완 덕분이었다.

아마 그가 술집에 대한 수완이 없었다면 지금의 화류도 존재하지 못했을 것이다.

술에 취해 흔들거리던 그는 2층 바로 향한다.

"딸꾹! 보드카 토닉이 뭐 이렇게 달달해? 이래서 장사가 되겠어?"

혼자서 바텐더에 대한 지적사항을 중얼거리던 그는 한 여자와 어깨가 부딪쳤다.

퍽!

"으윽, 괜찮아요?!"

술에 취한 상태에서도 그는 자신이 이곳의 주인이라는 것을 잊지 않는다.

"죄송합니다! 세탁비는 제가 변상하겠습니다!"

"…괜찮아요."

"만약 많이 언짢으셨다면 술을 마음껏 드십시오. 제가 내겠습니다. 자리로 가시면 제가 관계자에게 말을 해놓겠습니다."

"아니요, 괜찮아요."

"하지만……."

"괜찮아요. 그러니……."

영민은 어떻게든 그녀에게 보상을 해주고 싶어 자신의 명함을 내민다.

"좋습니다. 그럼 나중에 시간이 되시면 저에게 연락을 한 번 주시고 이곳에 오십시오. 제대로 대접해드리겠습니다."

"김영민 씨…?"

"예, 그렇습니다."

여성은 영민의 이름을 확인하고는 다짜고짜 그의 손을 잡아 이끈다.

"이쪽으로……."

"왜, 왜 이럽니까?"

"그냥 와보면 알아요."

이윽고 그는 여성의 손에 이끌려 클럽 3층에 있는 프라이 빗 룸으로 들어갔다. 그러자, 그곳에는 화려하게 차려진 술자 리와 먹거리 가득한 테이블이 준비되어 있었다.

영민은 자신의 클럽에서 가장 비싼 코스를 시켜놓고 노는 그녀에게 물었다.

"일행들은 어쩌고 나를 이곳으로 끌고 왔습니까?"

"일행 없어요. 혼자 왔어요."

"아아, 그렇군요. 그런데 혼자서 이 많은 술을 다 마실 수 있겠어요?"

"못 마시죠."

"그럼 돈이 아깝지 않겠어요?"

그녀는 고개를 가로저었다.

"아니요, 그렇지 않아요. 전 돈을 쓰지 않을 것이거든요."

"그게 무슨 말씀입니까?"

이내 모자를 벗어 자신의 정체를 드러내는 여성, 영민은 화들짝 놀라고 만다.

"수려 씨?!"

"강유하, 그 아저씨가 이곳으로 가서 제일 비싼 코스로 시켜놓고 먹으라고 그러더군요. 술값은 당신이 알아서 할 것이라면서요."

"…강유하, 이 새끼를 그냥!"

"그렇지만 생각이 바뀌었어요. 그냥 돈을 낼래요."

"예? 그건 또 무슨 말입니까?"

"어차피 혼자서 놀기도 적적한데, 당신의 시간을 내가 사려고요. 어때요? 같이 놀아주고 술값을 받는 것이."

영민은 슬그머니 미소를 짓는다.

"뭐, 그럽시다. 어차피 저번 집들이에서 보았으니 구면이고, 클럽이라 얼굴이 잘 보이지도 않을 것이고."

"거기에 당신이 알아서 조명도 더욱 어둡게 해주시겠죠?"

"물론입니다."

두 사람은 오랜만에 코드가 잘 맞는 사람을 만났다고 생각한다.

"한잔하시죠?"

"그래요."

두 사람은 잔을 부딪쳐 인사를 대신했다.

*   *   *

늦은 여름, 추적추적 비가 내리고 있다.

쏴아아아아아아ㅡ!

세빈은 오늘도 언제 돌아올지 모르는 유나를 기다리고 있다.

"오늘은 꼭……."

그는 언젠가부터 그녀가 자신의 마음속에 들어와 한시라도 편안히 잠을 이루지 못했다.

해서, 오늘은 꼭 그녀에게 고백을 하겠노라 다짐했다.

하지만 이런 결심을 한 것이 어디 한두 번이었던가? 매일 고백에 실패하여 쓸쓸한 마음만 남을 뿐이었다.

그러나 오늘은 반드시 그녀에게 고백하고야 말겠다고 다짐한다.

"반드시……!"

오늘은 여자들이 좋아한다는 꽃도 준비했고 혹시나 자신이 고백을 못할까 봐 편지도 직접 썼다.

이 정도면 아무리 숫기가 없는 세빈이라도 고백 정도는 해볼 수 있을 것 같았다.

"후우……."

떨리는 마음을 다잡으며 머릿속으로 수백 번 고백의 대사를 대뇌던 그의 앞에 유나가 등장한다.

'와, 왔다!'

유리를 비롯해 대략 10명 남짓한 아이들을 대동한 채 집으로 들어가는 유나, 세빈은 극한의 갈등에 휩싸인다.

'사, 사람이 너무 많아! 그것도 유리와 친구들이라니… 그냥 포기할까? 아니야! 그랬다간 평생…….'

마치 똥 마려운 강아지처럼 안절부절 못하던 그에게 한 청년이 다가온다.

"이봐."

"허, 허억!"

"뭐하는 자식인데 남의 동생을 그렇게 뚫어져라 처다보고
있어?"

"다, 당신은……?"

"어라, 소년?"

그는 다름 아닌 유나의 오빠 유하였다.

세빈은 다짜고짜 유하에게 꾸벅 고개를 숙인다.

"형님! 저 좀 도와주십시오!"

"뭐?"

"저, 유나를 좋아합니다! 하지만 복잡한 일이 있어서 고백
을 못합니다!"

"그래서?"

"이 편지를 전해 주신다면……."

유하는 고개를 가로저었다.

"쯧쯧, 멍청한 놈. 이렇게 굳게 마음까지 먹었는데 고백을
직접 안 한다고? 네가 여자라면 받아주겠어?"

"하, 하지만……."

"목마른 사슴이 우물을 찾는다. 너는 아직 유나를 진짜로
좋아하지 않는 거야."

"……."

"가라. 한 대 맞기 전에."

유하의 한 마디에 온몸이 굳어버린 세빈, 그는 순간 자신이 할 수 있는 무언가가 있을 것이라고 생각한다.

'아니야! 나는 유나를 좋아해! 좋아한다고!'

이리저리 두리번거리던 그는 이내 전 세대로 방송을 송출하는 관리사무소를 발견했다.

"아아, 관리사무소에서 알려드립니다!"

그는 이내 무릎을 친다.

"그, 그래! 이거다!"

*　　　*　　　*

이른 저녁, 유나는 유리와 친구들을 대동한 채 피자를 먹고 있다.

"쩝쩝……."

유하는 일을 마치고 돌아오는 길에 동생과 함께 먹고자 고등어를 사왔다가 이내 고개를 가로저었다.

"어이, 꼬맹이들. 그렇게 매일 피자만 먹으면 안 질려?"

"네!"

"쯧, 그러다 머리에 노란 머리카락 난다."

"괜찮아요. 염색하면 되니까."

유나가 속한 곳은 워낙 우등생들이 모인 스터디그룹인지라 유하는 유나에게 꽤 많은 용돈을 지급하고 있다. 그래야 이들과 어울려 놀면서 탈선을 하지 않겠다 싶었던 것이다.

하지만 유하는 이쯤에서 용돈을 줄여야 하나 싶었다.

'탈선을 안 하는 것도 좋지만, 돼지가 되겠는데⋯⋯.'

그러나 한창 먹을 나이에 먹고 싶은 것을 먹으면서 공부하겠다는데 말릴 생각은 쉽사리 들지 않는 유하였다.

'그래, 이러면 어떻고 저러면 어때? 지 팔자에 사는 거지.'

그렇게 웃어넘기며 자신의 방으로 들어가던 유하, 바로 그때였다.

―아아, 강유나! 나 세빈이다!

"으, 으음?"

―나, 너 좋아해! 알고 있냐?

"⋯⋯."

순간, 유하의 집에는 무거운 분위기가 흘렀다.

'흐음, 방법은 좋았으나 타이밍이 좋지 않았군.'

유하는 자신의 다그침이 이런 식으로 소년에게 용기를 북돋아줄 줄은 꿈에도 예상하지 못하고 있었다.

하지만 이렇게 무지막지하게 유나를 좋아하는 놈이라면 한 번쯤 사귀는 것도 나쁘지 않겠다고 생각하는 유하다.

'자식, 좀 하는데? 그렇지만 저 스터디그룹은……'

"우걱우걱! 세빈이 오빠? 아직도 안 포기했데?"

"…그러게."

"우걱우걱! 먹자!"

"그래!"

"……"

유하는 자신이 괜한 걱정을 했다고 생각한다.

'피자에 미쳤거나 저 세빈이라는 놈이 원래 존재감이 없었던 것이 분명해. 암 그래야지… 그렇지 않다면……'

어쩐지 소년이 자꾸만 불쌍해지는 유하다.

『현대 도술사』 완결

초대형 24시 만화방

신간 100%, 샤워실, 흡연실, 수면실(침대석), 커플석, 세탁기 완비

■ 강북 노원역점 ■

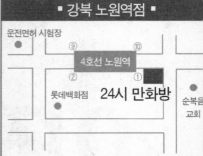

서울 노원구 상계동 340-6 노원역 1번 출구 앞 3층
02) 951-8324 (화용빌딩 3층)

■ 일산 정발산역점 ■

라페스타 E동 건너편 먹자골목 내 객잔건물 5층
031) 914-1957

■ 일산 화정역점 ■

경기도 고양시 덕양구 화정동 984번지 서일빌딩 7층
031) 979-4874 (서일사우나 건물 7층)

■ 부천 역곡역점 ■

역곡남부역 기업은행 건물 3층
032) 665-5525

■ 부평역점 ■

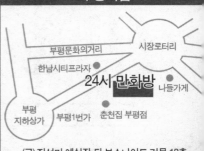

(구) 진선미 예식장 뒤 보스나이트 건물 10층
032) 522-2871

FUSION FANTASTIC STORY

탁목조 장편 소설

천공기

탁목조 작가가 펼쳐 내는 또 하나의 이야기!

『천공기』

최초이자 최강의 천공기사였던 형.
형은 위대한 업적을 이룬 전설이었다.
하지만 음모로 인해 행방불명되는데……

"형이 실종되었다고
내게서 형의 모든 것을 빼앗아 가?"

스물두 살 생일,
행방불명된 형이 보낸 선물, 천공기.
그리고 하나씩 밝혀지는 진실들.

천공기사 진세현이 만들어가는 전설이 시작된다!

Book Publishing CHUNGEORAM

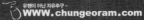

유행이 아닌 자유추구 -
WWW.chungeoram.com

네르가시아 장편소설
FUSION FANTASTIC STORY

도시 무왕 연대기

글로벌 기업의 후계자 감태하.
탄탄대로를 걷던 그에게 거대한 음모가 덮쳐 온다!

『도시 무왕 연대기』

가장 믿고 있었던 친척의 배신,
그가 탄 비행기는 추락하고 만다.

혹한의 땅에서 기적같이 살아나
기연을 만나게 되는데……

모든 것을 잃은 남자,
감태하의 화끈한 복수극이 시작된다!

Book Publishing CHUNGEORAM